Giovanni Verga

Tigre reale

I

Non sapevo più nulla di Giorgio La Ferlita allorché ricevetti il biglietto che m'invitava alle sue nozze. Dacché si era messo nella carriera diplomatica non ci eravamo visti che a rari intervalli, e come di sfuggita. L'ultima volta che l'avevo incontrato a Firenze, in tutta la pompa della sua cravatta bianca, arrivava dal Giappone, e ci stringemmo la mano alla tavola rotonda dell'*Albergo della Pace*. Il mio amico era un bel giovane, pieno di brio, alquanto sarcastico e motteggevole, con una vernice di buona compagnia raccolta qua e là, a Londra e a Vienna, un po' commesso viaggiatore in uniforme d'addetto d'ambasciata. Fu gentilissimo verso di me, mi riconobbe subito, non mi parlò de' suoi viaggi, e a mo' di ringraziamento gli offersi un sigaro mentre prendevamo il caffè; me lo ricambiò con uno de' suoi, accennandomene però la lontana provenienza; il discorso si metteva sul freddino, e finì lì; ci facemmo grandi promesse di vederci spesso, e ci incontrammo due o tre volte sul vestibolo, mentre egli sortiva ed io entravo, o viceversa. Un bel mattino poi mi capitò in camera come una bomba, parlandomi di non so che duello, pel quale mi pregava di assisterlo con tali discorsi e tal viso da spiritato, che dissi di no due volte invece che una, e naturalmente ci lasciammo meno amici di prima. Due giorni dopo seppi che era stato inchiodato al letto da un colpo di spada, e andai a trovarlo; egli aveva la febbre; mi narrò una storia, la quale sembrava anch'essa un delirio febbrile, e che racconterò forse in seguito.

Durante la sua convalescenza andavo a trovarlo tutti i giorni; egli mi teneva il broncio, e per dir la verità un po' di rimorso l'avevo anch'io. Un mattino lo sorpresi mentre in fretta e in furia stava facendo le sue valigie; non mi disse dove andava, non mi disse perché partiva, mi rispose per monosillabi, con impazienza nervosa. L'accompagnai fino alla stazione, e in mezzo al gran brulichio della folla sembravami completamente sbalordito; al momento di prendere il biglietto mi domandò se quella corsa coincidesse colla partenza del piroscafo da Napoli per Costantinopoli.

«Ma dove vai?» gli chiesi infine.

«Non lo so; vado a Napoli per ora. To', guarda!»

E con improvvisa risoluzione mi mostrò un biglietto da visita sul quale era scritto:

«Vi amo, parto, addio.»

Nient'altro: il nome era stato raschiato col temperino, e sul biglietto rimaneva soltanto una corona di conte, in alto, e quella sola linea fine, elegante, ondulante, che sembrava sdraiarsi mollemente sotto quella corona, stirandosi le braccia, proprio per far perdere la testa al mio povero Giorgio, il quale di per sé non ne aveva già molta.

3

Lo rividi due mesi dopo al Doney, col naso al vento come uomo cui il vento spiri secondo e imbalsamato di tutti i profumi della giovinezza. Mi fece una lunga chiacchierata di certi danari che aveva aspettato inutilmente a Napoli, e di certa Palmira che avea rapito ai trionfi del San Carlo per ingannare la noia della bolletta. «Quella del biglietto da visita?» gli domandai. «Quale?» quasi non si rammentava più. «Ah! no! tutt'altro! quella lì correva più lesta di me, e sì che non era il borsellino che mi dava peso! Non quella, pur troppo!»

E si mise a fissare il fumo che svolgevasi dal suo sigaro. Poi si strinse nelle spalle.

«Ci rivedremo» mi disse, e non ci rivedemmo altro.

Giorgio era sempre stato uno di quei fortunati che attraversano la vita in carrozza, come soleva venire a scuola quando faceva troppo freddo, o quando faceva troppo caldo, ciò che per caso accadeva tutti i giorni. A vent'anni aveva pubblicato un volume di versi che posarono un'aureola precoce sui suoi capelli biondi; a trenta correva per le capitali e le alcove a spese dello Stato - è vero che babbo La Ferlita, pur brontolando, aiutava parecchio la Stato. - Suo padre, onesto e forte lavoratore, venuto su dal nulla, adorava con tenerezza materna cotesto ragazzo dElicato e linfatico; avea dedicato tutto se stesso e tutto il suo avere a spianargli la via che eragli sembrata la più bella, perché il figliuolo ci si divertiva, e a mettergli della bambagia sotto i piedi; se avesse potuto, con quell'esagerazione del sentimento di protezione, e nel tempo istesso di devozione verso il debole, che c'è nei caratteri generosi e robusti, avrebbe portato sulle braccia il suo bambino sino ai trent'anni. Giorgio era arrivato alla maturità della giovinezza senza un ostacolo, senza una contrarietà, senza avere l'occasione d'impiegare una sola delle sue facoltà virili nelle lotte della vita. Il buon padre sorrideva del suo grosso riso, contento allorché scorgeva nel giovinetto le debolezze nervose e le grazie femminili che gli rammentavano la sua povera moglie.

Così Giorgio non aveva dovuto occuparsi, per 365 giorni dell'anno, che della cera dell'usciere di Sua Eccellenza e del sorriso delle donne. Ora che era un uomo serio, un tantino materialista come conviensi a diplomatico, non faceva più versi, anzi si vergognava di averne fatti, ma giovavasi della vecchia abitudine di guardare in aria, per mettere del cobalto nel suo orizzonte, e faceva servire la linfa che c'era nel suo organismo da poeta a rendere più soffici i cuscini di quel tal cocchio che lo menava attraverso la giovinezza allegramente e a quattro cavalli. Quando qualche sassolino ne faceva rimbalzare le ruote - un pentimento, un rimorso di dieci minuti, una stretta involontaria di cuore, un rossore importuno - egli si voltava dall'altra parte, si rannicchiava, si stirava le braccia sbadigliando, chiudeva gli occhi per non vederci, diceva: «È la passione!» e si rimetteva a sonnecchiare coll'animo in pace.

Ora cotesto farfallino avea buttato la sua uniforme in mezzo ai ventimila filari della stupenda vigna che gli portava in dote la signorina Ruscaglia, e s'era convertito al matrimonio, un bel matrimonio che gli dava 600.000 lire, ed una magnifica bruna - Giorgio aveva sempre preferito le brune, quando aveva potuto, e quella era proprio un bel tocco di bruna, la quale prometteva di fare onore alle vesti scollacciate che lo sposo, con un po' di opposizione della suocera, avea fatto ordinare a Firenze. Allorché il nostro amico venne a stringerci la mano sulla porta della chiesetta di Tremestieri, avea l'occhio luminoso e il sorriso trionfante del dì in cui la moglie dell'ambasciatore inglese s'era lasciato rapire il più bel guanto di questo mondo. Babbo La Ferlita era morto lasciando al figliuolo una bella educazione, una bella carriera ed un bellissimo avvenirE, che aveva punzecchiato e smunto l'ambizioncella e la borsa del buon negoziante di zolfi. Giorgio, senza neppur mettere piede a terra, non avea potuto far altro che passare dalla sua nella carrozza della sposa.

La cerimonia fu breve, tutta luce di sole, profumo di fiori, e allegria di bianche pareti; sembrava che le nostre giubbe e il fazzoletto della suocera, ingiallito nel guardaroba, tutto ricami e fradicio di lagrime, fossero le sole cose tristi di questa valle di lagrime. I due sposi partirono in mezzo agli auguri e alle strette di mano, ancora circondati da un leggiero velo d'incenso, tenendosi a braccetto, la sposa un po' impettita, un po' serrata nel suo vestito grigio svolazzante in balzane a sgonfietti, e un po' imbarazzata dall'aria signorile dello sposo, dall'ombrellino appeso alla cintura, dal velo azzurro che imbrogliavasi nel grosso nodo delle trecce. La carrozza li aspettava al piede della larga spianata erbosa, coi postiglioni gallonati a nuovo, in mezzo ad una folla di contadini estatici, e di monelli che si specchiavano facendo boccacce nella vernice luccicante delle fiancate, e si sparpagliarono vociando dinanzi allo scoppiettare delle fruste.

«Buon viaggio agli sposi!»

Buon viaggio! e non vi voltate mai più verso tutto quello che vi lasciate dietro in mezzo alla polvere che fugge: voi, signora, i romanzi nebulosi della cameretta tappezzata di carta a grandi fiori azzurri; quel volume del Prati, prestato e ridomandato venti volte, dal quale avete invano cercato di far scomparire i segni impercettibili fatti coll'unghia; quel piccolO orologio, regalo della nonna, sul quale volgeste tante occhiate furtive, agucchiando presso la mamma, nell'ora in cui egli - quell'altro - soleva venire, e quell'ultima stretta di mano che scambiaste allorché egli partiva pel collegio di marina, prima di fuggire e rintanarvi nella cameretta dai fiori azzurri come un uccelletto ferito - e tu, Giorgio, tutti i sorrisi che rallegrarono le pagine del tuo album da scapolo, e tutti i biglietti che profumarono il cassetto del tuo scrittoio, ti rammenti? E quell'altro biglietto singolare, senz'altro nome all'infuori di una corona di contessa, e senz'altra data che il giorno di una febbre, di una follia, che è passata, lontana, molto lontana, ti rammenti?

Io me ne rammento ancora, dopo tanto tempo, e non ho vista colei che una sola volta, e mi sembra d'averla ancora dinanzi agli occhi in quella grande sala d'albergo triste e nuda, mentre sTendeva verso il fuoco le mani pallide e scintillanti di gemme, e mi fissava in volto gli occhi febbrili.

II

Ignoro come e dove si fossero incontrati; certo è che si conoscevano da qualche tempo, e s'erano cercati cogli occhi in mezzo alla folla delle Cascine e della Galleria degli Uffizi. «Non saprei dirti se sia bella,» mi aveva detto Giorgio, «so che amo come un pazzo cotesta donna di cui ignoro persino il nome, e che mi ha detto cogli occhi che le piaccio.»

Vanità, curiosità, simpatia fisica, non importa, - c'era l'ignoto dentro - il gran dio.

La prima volta che seppe il suo nome, in un ballo a Pitti, seppe anche molte cose di lei: era civetta, orgogliosa, egoista, marmo di Carrara dentro e fuori; tal quale si vedeva, con quel sorriso glaciale, si diceva avesse spinto al suicidio il solo uomo che avesse mai amato, e amato alla follia, un amore da leonessa - si chiamava Nata, nome dolce come due note di musica.

«Vuol presentarmi a lei?» disse Giorgio dopo avere ascoltato attentamente la viscontessa de Rancy.

«È inutile; ella la conosce diggià.»

«Ella?»

«Si, mi ha chiesto di lei ier l'altro, quando lo abbiamo incontrato a cavallo.»

«Ebbene?»

«Ebbene, no.»

«Perché no?»

«Perché ella non vuole.»

«Ah!»

«È innamorato di lei?»

«Non so.»

«Le piace?»

«Molto.»

«Per quel che le ho raccontato?...»

«Forse sì.»

«Vuole un buon consiglio, amico mio?»

«Senz'obbligo di seguirlo però?»

«Beninteso; non sarebbe un consiglio se fosse fatto per seguirlo. Qualora si sentisse disposto a montarsi la testa per la contessa, domandi d'esser destinato a Washington o a Costantinopoli, anzi a Washington addirittura, è più lontano.»

«Perché mi vuole mandare tanto lontano, quando sto così bene qui? La contessa non vuole conoscermi, lei rifiuta di presentarmi, che pericolo c'è?»

«Ebbene, eccole un altro consiglio - questo per esser seguito. - La contessa si è scusata col dirmi che partirà fra breve; io non posso dunque renderle questo servigio, ma cerchi del visconte: mio marito non è obbligato a sapere quello che Nata mi ha detto, e si faccia presentare da lui.»

«Grazie», rispose La Ferlita, collo stesso tono motteggevole.

Il visconte de Rancy era amico di Giorgio perché si vedevano al Circolo ed all'Ambasciata di Francia o al Ministero degli Esteri.

«Volentierissimo,» rispose alla domanda di lui «ma è qui poi?»

«Ci sarà di sicuro.»

«Di sicuro?... Non sapete che viene a passare l'inverno in Italia per motivi di salute? È una donna andata, mio caro, e se volete farle la corte, non avete tempo da perdere. Cerchiamo dunque.»

Finalmente la scorsero in fondo ad una sala, al braccio del Ministro russo. In mezzo alla gran folla, cotesta donna pallida e bionda a prima vista non era notevole che per una certa grazia delicata della persona; ma tutti si voltavano a guardarla, uomini e donne, forse per lo strano effetto di quei grandi occhi grigi, quasi verdastri, duri e splendenti come i diamanti della sua corona, o per l'eleganza della veste stretta e increspata sulle anche, che sembrava avvolgerla con abbracciamenti serpentini.

Allorquando i due uomini si avvicinarono a lei, ella si era fermata dinanzi a un camino; vedendoli venire, aggrottò le sopracciglia con un rapido movimento, e fissò su di Giorgio, attraverso lo specchio, uno sguardo limpido e ghiacciato come il cristallo che lo rifletteva; poi si voltò intieramente, e gli piantò gli occhi in viso per due o tre secondi; sembrava che il consiglio della de Rancy fosse proprio giusto. La contessa accolse freddamente la presentazione, inchinò leggermente il capo senza aprir bocca, senza guardare Giorgio, quasi senza badargli, e si allontanò appena egli ebbe scritto il suo nome sul taccuino che gli presentò. Qui accadde un garbuglio che i padrini di La Ferlita e del maggiore Guidoni, lo spadaccino famoso, non riescirono a mettere in chiaro, e che fu sciolto con un colpo di spada. Sembra che la contessa abbia avuto la bizzarria di offrire il suo taccuino a Giorgio quando la sua lista dei balli era piena zeppa, e che Giorgio avesse avuto l'altra bizzarria di sostituire il suo nome a quello del Guidoni, e costui, a sua volta, da uomo ammodo, si fosse inchinato sorridente e senza batter ciglio dinanzi a non so qual frase indifferente della contessa, la quale «lo pregava di credere che era sorpresa e dispiacentissima della cosa », e allontanandosi alquanto dalla folla, insieme a La Ferlita, avevano scambiato tranquillamente poche parole. La contessa non aveva più ballato, del resto ballava pochissimo, e allorché Giorgio la cercava per la sua contraddanza che gli costava un duello, la vide che se ne andava, senza rivolgergli neppure un'occhiata, come non si rammentasse di nulla.

Si curò poi di sapere quale dei due uomini avessero pagato con la vita un suo capriccio da romana al circo? Nel tempo che Giorgio aveva guardato il letto, molte persone erano state alla sua porta, e gli erano venuti molti biglietti di visita, fra i quali, ultimo, quello senza nome che La Ferlita mi aveva mostrato.

Alfine si erano incontrati. La viscontessa aveva un bel suggerire ottimi consigli; l'istinto del reciproco egoismo aveva un bel mettere una diffidenza quasi ostile nel primo incrociarsi dei loro sguardi; il caso, la simpatia dei contrasti, la fatalità, li avevano posti faccia a faccia, e sin dalla prima volta ci avevano rimesso qualche cosa, egli un lembo di carne, ella una contraddanza, più tardi forse qualcos'altro.

Cotesta donna avea tutte le avidità, tutti i capricci, tutte le sazietà, tutte le impazienze nervose di una natura selvaggia e di una civiltà raffinata - era boema, cosacca e parigina - e nella pupilla felina corruscavano delle bramosie indefinite ed ardenti. Anch'essa, come Giorgio, aveva strascinato la sua stanchezza irrequieta dappertutto, in carrozza o in slitta, colla rapidità del vento che avea appassito le sue guance e increspato non senza leggiadria le sue labbra. Tutti avevano arso l'incenso dinanzi all'idolo moderno, il marito che l'aveva sposata, gli uomini che tentavano rubarla al marito, le donne che le invidivano le sue gemme e la sua avvenenza; questa grande passione umana, in nome della quale ell'era diva, le turbinava ai piedi, le ripeteva incessantemente lo stesso inno, glielo sbriciolava qua e là, al ballo, al teatro, nelle visite, in frasi galanti e in occhiate sentimentali. Ella, ritta sul piedestallo, s'annoiava, e provava delle curiosità pungenti. Una volta, una volta sola, quel sentimento ignoto, quel trastullo, quella forma d'omaggio universale, l'avea investita dai piedi alla testa come una fiamma, e le avea dato febbri da leonessa. Più tardi, allorché s'erano veduti nelle feste, la sua fronte di marmo e i suoi occhi asciutti, nessuno avrebbe potuto indovinare che ella soffocasse ruggiti di spasimo, e di quel turbine che in un'ora avea solcato la sua anima, di quella caduta in un istante, non rimanevano altre vestigia che il sorriso implacabile della sua civetteria, e certa avidità scintillante dello sguardo che sembrava cercare qualche cosa, un conforto, un ricordo o una rappresaglia - non più scettica, ma diffidente - guardinga per sé, e spietatamente capricciosa cogli altri.

Dall'incontro di questi due prodotti malsani di una delle esuberanze patologiche della civiltà, il dramma dovea scaturire naturalmente, dramma o farsa, come dall'urto di due correnti elettriche. Giorgio effeminato, effeminato nel senso moderno ed elegante, buon spadaccino all'occorrenza, nel quarto d'ora, e tale da giuocare noncurantemente la vita per un capriccio, ma solito ad esagerare il capriccio sino a farne una passione, e solito ad esagerare l'idea della passione sino a renderla realmente irresistibile; fiacco per non aver mai combattuto se stesso. - Quell'altra con tutti gli impeti bruschi e violenti della passione inferma, vagabonda ed astratta, però forte e risoluta, col cuore di ghiaccio e l'immaginazione ardente. Egli con tutte le suscettibilità, con tutte le delicatezze, con tutte le debolezze muliebri; ella con tutte le veemenze, tutte le energie, tutti i dispotismi virili.

III

L'inverno era sopravvenuto, grigio e triste. Giorgio rivide la contessa alle Cascine, raggomitolata in un angolo della sua carrozza, tremante di freddo sotto un mucchio di pellicce e un bel sole di novembre che splendeva sul cielo puro e azzurro. Era pallida, dimagrata, avea gli occhi stanchi, arsi di febbre, che vagavano distratti o pensierosi sulle alte cime degli alberi spogliate delle ultime foglie. S'incontrarono faccia a faccia; ella si fece bianca un istante. Sapeva che egli era ancora a Firenze? che l'avrebbe incontrato? Aveva voluto rivederlo?

La Ferlita era in carrozza colla sua Palmira; piantò carrozza e Palmira al Piazzone, e tornò indietro. Non incontrò più la contessa, non poté più rivederla per alcuni giorni di seguito. Infine si decise ad andare ad informarsene dalla viscontessa de Rancy.

«Sì», rispose costei. «So che è ritornata, ma non ho potuto vederla. È molto malata, sa?»

«Infatti...»

«È tornata a passar l'inverno a Firenze. I medici non l'accordano due anni di vita, e le hanno consigliato il clima d'Italia.»

Giorgio parve distratto; si misero a parlare di cose indifferenti; sopravvennero parecchie visite, e la conversazione si fece generale. La Ferlita disse alla viscontessa in un momento di a parte:

«Penso a quel che si deve provare essendo l'amante di una donna i cui giorni sieno contati.»

Ella gli fissò in viso uno sguardo attonito.

«Amico mio, le so punto testa, ma un po' di cuore glielo so. La lasci tranquilla, poveretta! sarà meglio per entrambi.»

Due giorni dopo La Ferlita ricevette questo biglietto laconico dalla de Rancy:

«Venga giovedì. *Ella* ci sarà.»

«Il mio biglietto le ha messo l'argento vivo addosso?» gli domandò la viscontessa vedendolo arrivare prima delle dieci; «e viene a domandarmi il come e il perché. La cosa è quale gliel'ho detta; s'è invitata da sé. Il perché poi me lo dirà lei.»

«Quando lo saprò.»

«Quando lo saprà, ben inteso. Con chi era sabato scorso alle Cascine?»

«Le ha fatto questa domanda?»

«Curioso! Con chi era?»

«Non mi rammento nemmeno di essere stato alle Cascine sabato scorso.»

«Ha incontrato la contessa alle Cascine uno di questi giorni?»

«Sì.»

«Era solo?»

«No.»

«Adesso il perché lo so; non occorre altro.»

E lo piantò lì, tutto irto di interrogazioni, per andar incontro a due signore che giungevano.

I giovedì della viscontessa de Rancy erano affollatissimi sempre. La padrona di casa era troppo occupata perché Giorgio potesse sperare da lei la menoma spiegazione prima delle due del mattino, e andò a rassegnarsi con un album di fotografie.

Verso le undici entrò Nata, elegante come sempre, ma avea gli occhi profondamente solcati, ed era imbellettata. Giorgio dal suo posto sorprese uno sguardo circolare di lei sulla folla.

Le due amiche si andarono incontro premurosamente e passarono insieme alle altre sale. In tutta la sera non riuscì al diplomatico in erba di attirare l'attenzione della contessa, malgrado le sue manovre macchiavelliche. Solo al momento d'andarsene ella lo scorse vicino al pianoforte, e fece due o tre passi verso di lui colla mano tesa, col sorriso sulle labbra, colla più schietta naturalezza.

«Perché non è venuto a farmi visita?» gli disse in italiano, con un leggero accento straniero, ma senza il menomo imbarazzo.

Giorgio, ancora un po' sorpreso, rispose:

«Perché non me ne ha accordato il permesso.»

«Se non è che questo glielo dò due volte» e gli tese anche la sinistra. E così, colle mani nelle sue, fissandolo in viso. «Sono in casa tutti i giorni dalle quattro alle sei. Se vuole trovarmi venga dopo le quattro.»

Giorgio s'inchinò, e accompagnandola per sortire:

«Si fermerà tutto l'inverno a Firenze?» le chiese.

«Non so. I medici pretendono che il clima del nord mi uccida. Ho una salute che non val nulla, come potrà vedere» aveva il petto candido e delicato coperto da filari di perle. «Starò forse sino a marzo, sino a giugno, non so insomma. Sono variabile anch'io come la mia salute. Abbiamo parlato molto di lei colla viscontessa. Ella deve partire fra qualche mese?»

«Dipenderà dalla destinazione che mi sarà data.»

«Allora si faccia destinare a Pietroburgo; ci sarò fra il giugno e il luglio.»

Così dicendo gli scosse brevemente la mano, come ad un vecchio amico, ed uscì.

«Cosa le ha detto?» domandò la viscontessa al momento in cui La Ferlita prendeva commiato da lei.

«M'ha detto d'andare a farle visita.»

L'altra scoppiò a ridere, ben inteso di un riso impercettibile, discreto, che scopriva appena i suoi bei denti smaglianti.

«Ella sta meglio assai. Non le sembra?»

«Sì.»

«È vero che avea messo del rosso... Poverina! Vorrei che i medici si fossero sbagliati. Sa? abbiamo parlato di lei. M'ha detto che si è fatto presentare da mio marito.»

«Nient'altro?»

«No. Abbiamo riso della sua ostinazione; io più di lei, però! Vuole che glielo dica sul serio, molto sul serio, amico mio? Temo che questo bel scherzo abbia a diventare troppo brutto e troppo serio, il che sarebbe una gran disgrazia.»

Giorgio si strinse nelle spalle.

«Proprio una gran disgrazia! Sino ad un'ora fa temevo soltanto per lei, con tutto il suo spirito, con tutta la sua pratica mondana, e con tutta la sua diplomazia. Però la conosco abbastanza, e so che un viaggio, una croce, una ballerina, una perdita al giuoco l'avrebbero guarito. Ma adesso Nata è malata, è troppo debole, ha troppi nervi, troppa suscettibilità, che so io, insomma il pericolo è tutto lì... ha qualche cosa di insolito e di infermiccio.»

Giorgio non sorrideva più.

«Infine, qual donna crede che sia?»

«La credo una leggiadra bionda - non bella ma leggiadra - molto elegante, che *fa bene* in un salone, che ha bei diamanti, un bel nome, un marito gran signore, generale, amico personale dello Czar, e lontano.»

«E poi?»

«Il poi non si comanda, caro mio. E poi nulla, o tutto. Ci ricami sopra i suoi sogni rosei, quali essi sieno, e ci metta addosso delle sete e delle trine.»

«Se facesse apposta per farmi innamorare di costei,» esclamò Giorgio cercando di sorridere, ma con un'ombra d'impazienza, «non potrebbe far meglio - o peggio.»

Allora la viscontessa, levandosi bruscamente:

«Orsù, La Ferlita, se ne vada, ch'è tardi; abbiamo sonno e sragioniamo entrambi. Domani o doman l'altro la vedrà. Sia suo amico o suo amante, o s'ammazzi per lei, come quell'altro. Buonanotte.»

IV

Il villino abitato dalla contessa era nel viale Principe Amedeo, le sue finestre chiudevano da tre lati un giardinetto tascabile, largo cinquanta metri, ma avevano di faccia San Miniato e il leggiadro serpeggiamento del Viale dei Colli. Le aiuole verdi del giardino, grandi come tappeti da bigliardo, e quegli alberi nani facevano un bel vedere sulla facciata nuova, lisciata e imbellettata, e sulle finestre di cui i vetri irradiavansi dei colori delle tende allorché il sole vi batteva sopra. Alla sera, dalle otto alle undici, mentre i rumori della città si perdevano in lontananza, la luce che scaturiva da quelle finestre strette fra di loro, adorne, civettuole, foderate di velo e di damasco, ricamava a giorno come un merletto il disegno della cancellata sul marciapiede della larga via oscura e quasi deserta, e lambiva le foglie lucenti delle magnolie. Le poche persone che passavano si fermavano un istante, o mettevano il capo allo sportello della carrozza, per rallegrarsi la vista a quella luce, a quei luccichii che carezzavano qua e là i mobili e le stoffe, a quel dolce tepore profumato che indovinavasi, e immergendosi nel buio, mentre si allontanavano, si voltavano ancora per cercare di leggere un sorriso sulla faccia di quella dimora felice.

Al di dentro quella dimora felice avea un altro aspetto. Nella stanza più lontana dalla via, nell'angolo più remoto, stava di solito Nata, vicino al camino, illividita dagli azzurri bagliori della fiamma, cogli occhi semichiusi, come enormi macchie nere sul viso smorto, allungando i piedi sul tappeto, abbandonando il capo sulla poltrona, sfogliando le pagine di un libro o trastullandosi macchinalmente colla ventola. Tutte le altre stanze erano vuote, mute, fredde; il domestico passeggiava silenzioso nell'anticamera, e in mezzo a quel silenzio lo scoppiettare dei tizzi, il tic-tac dell'orologio, o il rumore delle carozze che passavano nella via avea qualcosa di triste.

Allorché Giorgio era andato a far visita alla contessa, verso le cinque, tutte le finestre della casa luccicavano come specchi; al disopra delle tegole rosse e in mezzo alle guglie sottili dei camini il sole sembrava diffondersi come un'aureola di polvere d'oro. Nata, udendo una carrozza che si fermava al cancello, aveva volto istintivamente il viso verso l'uscio del salotto, con un rapido movimento. Giorgio la trovò presso la stessa finestra, davanti a un piccolo tavolino incrostato di rame dorato, su cui c'erano i suoi libri e le sue lettere, e sembrava più sola e derelitta che mai. Il salotto, tutto foderato di seta azzurra, era poco illuminato e vi ardeva un gran fuoco. Quello splendido giorno invernale non metteva né un raggio, né un sorriso in quella stanzina. Gli uccelli facevano gazzarra nel giardino elegante e malinconico, e fin sulle finestre, e fra i vetri e le tendine vedevasi una lista di cielo terso e limpido. La luce attraverso la seta delle tende penetrava tenera, diffusa, e nell'angolo del caminetto era assorbita dai chiarori rossastri della fiamma. Nata, colle spalle rivolte a quel quadrato di luce azzurrina, sembrava quasi al buio, i suoi occhi parevano più grandi e profondi, e il suo pallore sembrava quasi verdastro. Ella batté le mani con un movimento infantile, e stendendogliele entrambe, col suo più bel sorriso:

«Bravo! Se sapesse come giunge in buon punto, e come le son grata della sua visita! Vede? Tutta la mia vita si passa così, a contar gli alberi del viale. Ed ecco la mia più grande distrazione.»

Giorgio si chinò ad esaminare la grande distrazione, un disegno giapponese che la contessa stava incollando su di una ventola, e si misero a discorrere delle industrie di quel paese, dove La Ferlita avea passato parecchi anni come addetto alla legazione. Nata gli faceva mille domande, una più bizzarra dell'altra, e di tanto in tanto, senza pensarci, gli piantava in volto quei suoi occhioni prenetanti e impenetrabili. Tutt'a un tratto, fra la descrizione di un bronzo niellato e di un lavoro in avorio, gli domandò:

«Dev'essere un po' in broncio con me, dica?»

Egli levò il capo bruscamente; la contessa non lo guardava neppure, teneva il disegno attraverso alla luce per vedere se fosse disteso abbastanza, ammiccando un po' degli occhi, colle mani in alto, bianche come cera e leggermente trasparenti nei contorni. Non sembrava nemmeno che avesse fatto quella domanda.

«Io!» disse alfine La Ferlita.

«Si, un peu, beaucoup, passionnément - passionnément!»

«Mais non! rien du tout!»

Ella si voltò, colle mani ancora in aria e il disegno che faceva da trasparente.

«Davvero? tanto meglio! Non può immaginare qual piacere mi faccia...»

E chinando il capo con quella sua aria da statua che non lasciava indovinare se scherzasse o dicesse sul serio, aggiunse con un certo sibilo nell'accento:

«Merci!»

Successe un istante di silenzio; ella sembrava tutta intenta al suo lavoro: poi lo buttò in un cestino e andò a posare il piede sul posacenere, rialzando un po' la veste e appoggiando il gomito al piano del camino.

«È stato sempre a Firenze tutto questo tempo, dacché non ci siamo visti?»

«Sì, all'infuori di un mese di congedo, che poi si fece di otto settimane.»

«Non l'avevo più visto dopo il mio ritorno, e credevo fosse partito.»

«Io però l'avevo vista.»

«Dove?»

«Alle Cascine, saranno otto o nove giorni.»

«Non l'avrò riconosciuto. Era una delle prime volte che incominciavo ad uscire in carrozza, ed ero ancor debolissima, la folla mi dava il capogiro.»

«Adesso però sta molto meglio.»

«Si, adesso sto bene...»

La Ferlita, il quale era venuto sognando senza sapere precisamente che cosa, ma tutto pieno dell'immagine di quella donna che gli avea fatto girar la testa come una trottola, a poco a poco era rientrato nella sua pelle vedendola da vicino e discorrendo tranquillamente con lei tanto semplice e naturale; Nata era assai leggiadra così ritta dinanzi al fuoco, ma nulla più, e solo allorquando fissavagli in viso gli sguardi, egli sentivasi sconcertato e perdeva qualcosa della sua disinvoltura. Allorché si levò per andarsene, ella stendendogli la mano:

«Presto, non è vero?» gli disse.

Nell'andarsene, La Ferlita diceva fra sé:

«Giorgio, amico mio, m'è entrato il sospetto che tu ci abbia fatto una figura ridicola. Orsù, la testa a casa, e rimediamo al malfatto.»

Perciò era ritornato altre volte da lei senza farle un briciolo di corte. Ella gli si era mostrata riconoscentissima. Lo accoglieva sempre con un'esclamazione o un sorriso, e gli diceva ch'era proprio una buona azione quella di venire a contare con lei gli alberi del viale. «Che peccato non esserci conosciuti prima, n'è vero?» Giorgio rispondeva ridendo: «Ma noi ci conosciamo da un pezzo!».

«Conosciuti?... cioè, sconosciuti! Incontrarsi in un ballo non è punto conoscersi. Ma tant'è, meglio tardi che mai. Del resto, vogliam divertirci questo carnevale; ella sarà dei nostri; ella, la viscontessa, suo marito, e qualche altro. Faremo delle follie. Non abbia paura, non lo comprometteremo col suo Ministro, o alla peggio lo faremo comprometter con lei.»

Nelle belle giornate di dicembre ella lagnavasi sempre d'aver freddo e stavano a discorrere accanto al fuoco che scoppiettava e illuminava di riflessi cangianti il viso scarno e sorridente di lei. Gli avea sempre promesso per ischerzo che la prima volta che sarebbe uscita si sarebbe fatta accompagnare da lui. Un giorno, vedendolo entrare, gli domandò:

«Fa molto freddo oggi?»

«Punto. È una bellissima giornata.»

Ella andò lentamente verso la finestra e sollevò la tendina.

«Infatti,» disse sbadatamente, «sarebbe proprio la giornata...»

Il largo viale inondato di sole sembrava in festa. Passavano dei contadini coi loro carri, dei commessi che avevano preso da porta San Gallo per andare a porta San Niccolò, e delle sartine che avevano dimenticato la loro scatola dalla portinaia, a coppie, rasentando i muri o serpeggiando per la via, tenendosi per mano, dondolando le braccia o tirando in su il vestitino nuovo sugli stivalini polverosi; passava qualche fiacre aperto, lesto, chiassone, scoppiettando la frusta, oppure colle tendine calate che lasciavano passare una mano o un occhio curioso; e in mezzo a tutto questo va e vieni, dei passeri vispi e petulanti che saltellavano sul marciapiede. La cupola del Duomo, il campanile, e la torre di Palazzo Vecchio, spiccavano sul cielo con profili netti, su di un caos di tetti e di guglie; più in là il palazzo Pitti, bruno e severo, sembrava appoggiarsi alla gran spalliera di verdura del giardino di Boboli. In fondo la leggiadra cintura dei colli stendevasi come un immenso giardino punteggiato di ville bianche e screziato di getti d'acqua, di masse di verdi e di bianchi viali serpeggianti; e dietro il vasto piazzale, di cui la balaustra si disegnava sull'azzurro, e il profilo grazioso della Bella Villanella, un immenso sfondo ceruleo, digradante una luce opalina sui verdi contorni delle colline.

«Ma mi sento molto stanca,» soggiunse Nata, «come se avessi camminato tanto quanto tutta quella gente lì. Costoro si danno bel tempo, come se non avessero altro da fare!...»

C'era del corruccio nella sua voce e nella ruga verticale che solcò un momento la sua fronte.

La contessa stava sempre meglio, riceveva quasi tutte le sere la de Rancy, Giorgio, e tre o quattro altri; di tutti i suoi amici, La Ferlita era divenuto il più assiduo, passava sovente le sere intere in via Principe Amedeo, presso il caminetto, col thè fumante sul tavolino, e se pur gli balenava in mente il desiderio di baciare la mano delicata che gli presentava la tazza, lo faceva da dilettante, per una vecchia abitudine, quasi per un obbligo di cortesia, e non pensava più che sarebbe stato possibile perdere la testa per quella leggiadra signora colla quale passava così piacevolmente la sera, in tranquilla intimità. Un giorno le disse ridendo:

«Perché la prima volta che son venuto a farle visita mi ha domandato se fossi stato in broncio con lei?... Dica la verità... c'è stato un momento, tempo fa, in cui devo esserle sembrato assai ridicolo!»

Ella aggrottò le sopracciglia, o perché la domanda la pungesse, o perché cercasse risovvenirsi.

«Ridicolo? e perché?»

«Giacché non lo sa, o giacché non si rammenta, tanto meglio... Non ne parliamo altro.»

«Ma si, mi rammento. Però non mi sembra ridicolo battersi per la sua dama; io ero la sua dama... allora, in quel quarto d'ora, nient'altro.»

Egli, che era stato ad un pelo di rimetterci la pelle invece di far delle armi, si accorse che il meglio era riderne anche lui. Così su quel passato, imbarazzante per ambedue, ella avea messo risolutamente, con grazia, il suo stivalino polacco, egli s'era chinato ad ammirare il piede, e non se n'era più parlato.

V

La Ferlita sarebbe stato sorpreso se alcuno avesse affermato che egli faceva la corte alla contessa. Se quello poteva dirsi far la corte, era fare una corte molto magra. Avea cominciato dall'amarla, è vero, come un ragazzo, come uno studente, ma sin dalla prima visita ella gli aveva messo del ghiaccio sulla testa, e aveano riso francamente di quel ch'era stato di quella sciocchezza; non l'amava affatto, ne era ben certo, ma stava volentieri vicino a lei. Ella era tutt'altra donna di quella che avea creduto conoscere; una donna a quarti d'ora, tutta nervi e capricci, trasformantesi ad ogni momento - giammai la stessa - senza artificio e senza affettazione, forse anche senza averne coscienza; una donna cui non si sapeva su qual tono rispondere ad una domanda fatta da lei all'istante medesimo. Come amante ella non valeva la marchesa, né la bionda Targotti, né Palmira, non valeva gran cosa insomma; ma come amica era impareggiabile, non fosse altro che non ci si annoiava mai un momento in casa sua, neanche a star zitti e musoni, non fosse altro quella birichina curiosità che vi prendeva di sapere come l'avreste trovata - ché il suo umore era sempre cangiante e bizzarro - al momento di metter piede a terra al cancello del suo villino. Anche quale amica, senza avvedersene metteva sempre nella loro intimità un po' dell'ignoto della sconosciuta che si voltava a guardarlo quando l'incontrava in via Calzaioli. L'imprevisto era la sua maggiore attrattiva.

Nata aveva delle ore in cui irrompeva la sua natura selvaggia, specialmente quand'era sola; allora passava delle ore rannicchiata nella sua poltrona dinanzi al fuoco, cogli occhi spalancati ed astratti, non pensando a nulla, sentendo solo con voluttà carnale le aspre punture della fiamma. Alcune volte stava ad ascoltare La Ferlita senza dire una parola, colle labbra leggermente contratte e la fronte corrugata, vagabondando col pensiero, rispondendo per monosillabi, spesso a sproposito, col capo appoggiato alla spalliera della poltrona, stanca o annoiata. Giorgio credeva che fosse ora di andarsene, e allorché prendeva commiato, ella gli domandava perché volesse partire così presto, e lo pregava di rimanere. La scena non mutava però; la conversazione languiva come il fuoco che spegnevasi nel camino, e allorché si sorprendevano entrambi dopo una mezz'ora di silenzio, ella si alzava e gli dava la buonanotte freddamente.

La Ferlita qualche volta, senza volerlo, diveniva triste anche lui; il suo buon umore, i suoi frizzi, i suoi aneddoti della giornata gli morivano sulle labbra, e il fantasma di quel male terribile che ella non poteva dissimulare a se stessa, assorbiva anche lui. La guardava alla sfuggita, quasi di furto, e cercava d'indovinare tutte le segrete e profonde amarezze di lei, e sembravagli di seguire il pensiero di quella donna che doveva vedere dappertutto la tisi, nell'allegro fuoco del caminetto, in mezzo ai fiori del salotto, fra le cortine di broccato, fra tutte le pompe e i sorrisi della beltà e della giovinezza. Allora la donna del passato gli tornava un istante dinanzi agli occhi, fuggevole e luminosa, colle curiosità irritanti che ella gli avea comunicato e le pungenti attrattive che aveva avuto. Ei rimaneva sorpreso, imbarazzato davanti a lei; quando non si udiva più la sua parola ironica o ghiacciata l'illusione facevasi ancor più completa; egli non osava più parlare, assorbivasi in una profonda astrazione contemplando tacitamente le trecce bionde di lei allentate sulla nuca, le mani candide incrociate sulle ginocchia e il viso pallido, su cui la fiamma alternava dei toni ardenti e dei lividi chiarori. Ella serbava inalterabile il suo viso di marmo, la sua indifferenza profonda e glaciale. Qualche volta, mentre discorrevano, quasi sempre allorché Giulio sembrava più spensierato ed allegro, ella gli piantava in volto que' suoi occhioni grigi, dalla pupilla larga e fosforescente, e rimaneva a fissarlo così due o tre secondi senza che un sol muscolo del suo viso si muovesse; quegli occhi riboccanti di vita su quel viso impassibile facevano un effetto singolare, e Giorgio non poteva sostenerne la tenacità penetrante, come se avessero a rimproverargli qualche cosa. Ella lo ascoltava per lo più in silenzio, sembrava attenta; quand'egli stornava gli occhi, le labbra di lei si agitavano impercettibilmente, come se avessero mormorato qualche cosa. Ei le trovava sempre la stessa fisonomia fredda e impenetrabile.

«A che pensa?» le domandò un giorno.

Ella lo guardò con tale aria di sorpresa che Giorgio si pentì della domanda fatta.

«A nulla... a cercar di sapere se mi sono divertita ieri al ballo in casa de Rancy, e se la musica del *Don Carlos* mi sia piaciuta.»

Allorché gli dava una di quelle risposte, sembrava a Giorgio che gli buttasse in faccia come un'ondata dell'ignoto della sua vita, piena di acri profumi e di inesplicabili attrattive, che lo stordiva. Egli allora ammutoliva, e sembravagli di immergersi di botto, con un vago sentimento di voluttà aspra e dolorosa, nel passato di quella donna così indecifrabile. Sentiva una simpatia amara e un'avida curiosità per colei che gli era così straniera e tanto lontana in tanta intimità, e per uno strano fenomeno, quei sentimenti ch'ella gli nascondeva più gelosamente e che erano più alieni da lui, erano appunto quelli che l'attraevano dippiù. In certi momenti, senza menomamente dubitare che fosse perché l'amava, avrebbe voluto ch'ella gli avesse raccontato tutto il suo passato, che si fossero confidati l'una all'altro tenendosi abbracciati, avessero dovuto poi piangerne in seguito.

«Vorrei essere suo fratello!» le disse una volta che avea il cuore più pieno.

Nata si voltò bruscamente.

«Perché?»

«Per non lasciarla mai sola con se stessa, come adesso.»

«Ma io sono in buona compagnia invece.»

«Mi perdoni se ho troppo osato!» diss'egli seccamente.

«Al contrario. Perché non sarebbe mio fratello? Giacché non siamo ancora amici, giacché non possiamo essere camerati, giacché non saremo mai altro, siamo pure fratello e sorella.»

«Vorrei avere il diritto di leggerle nel pensiero. Vorrei avere il diritto di stringerle la mano in certi momenti...»

«Proteggermi, assitermi, alleviare le mie pene, e tutelarmi, da vero fratello maggiore. Mi chiami Bebè, caro La Ferlita e mi regali dei confetti.»

«Ho torto, lo confesso!» disse Giorgio bruscamente ritirando la mano.

«Davvero? le sembro così malata? e crede che pensi alla morte come Maria Maddalena? Se ciò fosse, vorrei godermi la vita e aver degli amanti... Allora naturalmente lei sarebbe il primo...»

Alcune altre volte invece era di un'allegria matta e rumorosa, e allora non c'era follia che non osasse fare.

Una sera rimandò la sua carrozza e si fece accompagnare a piedi sino alla sua abitazione.

Faceva un freddo da lupi, ed ella tremava tutta, imbacuccata com'era. Giorgio era di cattivissimo umore, e avea tentato tutti i mezzi per dissuaderla; ella, pur sbattendo i denti dal freddo, rideva di lui e gli diceva che si divertiva mezzo mondo. La notte era serena e stellata, e fuori porta San Gallo non c'era più anima viva; Nata doveva stringersi un po' nelle vesti e contro di lui. Quel silenzio profondo, quell'aria frizzante, quell'oscurità punteggiata dalla doppia fila dei fanali schierati sul viale deserto, quella solitudine, l'allettavano, sembravano eccitarla.

«Che peccato non ci sia neppur un briciolo di colpa in quel che stiamo facendo!» gli disse con voce vibrante, e i suoi occhi luccicavano nell'ombra; ebbe due o tre colpetti di riso nervoso. «Coloro che ci incontreranno ci prenderanno per due amanti, non è vero, Giorgio?... Orsù, non mi tenete il broncio; diamoci del voi a quest'ora, lasciatemi fare; voi stesso avete detto che ho poco da vivere.»

Anche motteggiando aveva sempre di queste lugubri allusioni.

Spesso invitava La Ferlita a colazione, da sola a solo, si faceva servire nel suo salotto, sul tavolino posto dinanzi alla finestra del giardino, cercando dare un sapore di cena sospetta a quella colazione fatta alla gran luce del sole, rosicchiando, mangiucchiando di tutto, bevendo a piccoli sorsi il bordò prescritto dal medico nel bicchiere di sciampagna. Poi, colla tazza colma davanti, appoggiava i gomiti sulla tovaglia alquanto in disordine, e si metteva a chiacchierare, confidente ed espansiva come un buon camerata. Si raccontavano ridendo le loro conquiste, le loro civetterie e le loro follie di giovinezza; tempo addietro, gli raccontava, si era invaghita di un giovane studente, proprio quel che si dice un gran monello, ma bello, bello da dipingere, con occhi neri grandi così, e un collo fatto come quello dell'Antinoo, un collo che bisognava vedere allorquando snodava la sua cravatta rossa e sbottonava il colletto della camicia per giocare alla palla fuori porta San Gallo; ella montava a cavallo tutti i giorni e andava a caracollare nel viale per vederlo e farsi vedere, e lui, duro e dispettosaccio, faceva il superbo e fingeva di non accorgersi che quella bella signora veniva lì apposta per fargli la corte. Infine quel restio amor proprio ne fu lusingato; e non solo ei cominciò a guardarla, ma non giocò più alla palla, cercò di vestirsi meglio, ed ella se lo trovava sempre fra i piedi, al passeggio e nei teatri. Allora non le piacque più e non lo guardò più. Peccato! non era più quello, senza la sua giacchetta di velluto!

La contessa e Giorgio, in quei momenti, erano a mille miglia dal pensiero che si fossero amati, che potessero amarsi; egli trovavasi quasi sempre più imbarazzato di lei, ché sentiva di essere ridicolo se non riusciva a mettersi all'unisono, e quelle volte ella lo impacciava, gli faceva un effetto singolare, gli rendeva difficile la sua parte; ella no, ella quando voleva avea sempre l'epigramma incisivo e pronto, qualche volta amaro. Gli diceva: «Ah! se fossi un uomo! Se fossi un uomo come credete che sarei? Povero Giorgio, non sarei certo come voi, veh!» La tosse spesso le soffocava il riso.

E tutt'a un tratto, dopo essere stata così carezzevole, diventava dispettosa ed inquieta, guardava lui di soppiatto e quasi con una espressione di rancore; avea delle irritazioni sorde e contenute, delle selvaggie aspirazioni verso non so che, e quando aggrottava le ciglia il suo occhio diventava cattivo.

Una sera, in una festa da ballo, colle guance leggermente incarnate e gli occhi sfavillanti, respirando una qualche ebbrezza violenta, gli premette la mano di nascosto in mezzo al turbine del *cotillon*, aveva la mano secca e calda.

«Non avete visto come Brenti mi fa la corte?» gli disse.

«Povero Brenti! Non vorrei che diceste la medesima cosa di me, con quel risolino che avete in bocca.»

Ella si strinse nelle spalle, nelle sue belle spalle bianche e delicate, che sembravano sbocciare fuori dal busto con quel movimento.

«Preferisco il modo in cui me la fa quell'altro, guardate, quel giovanettino che sta lì, presso quell'uscio; vedete con che occhi! e così tutta la sera! Avrà quindici anni tutt'al più... bell'età! vorrei essere dentro il suo petto e sentire come gli batte il cuore quando rivolgo gli occhi su di lui! Davvero, mi piace, colla sua aria timida e i suoi sguardi di fuoco.»

«Egli si è accorto che parliamo di lui.»

«Come sarà commosso, povero bambino!... Vi assicuro che ho provato più di una volta la tentazione di passargli accanto, senza guardarlo, e di stringergli la mano tra la folla.»

«Perché non rapirlo addirittura nella vostra carrozza?»

«Perché no?» replicò ella con un sorriso nervoso. «Ci son dei momenti in cui mi sento montare alla testa il sangue tartaro che ho nelle vene.»

«Ma sentite! alla fin fine tutto ciò non sarebbe mica gentile per me... se fossi innamorato di voi.»

«No,» rispose ella in aria distratta; «è vero, ma siccome non lo siete, e non lo siamo, e non lo saremo, e siamo invece buoni camerati... Dite un po', se tutti costoro conoscessero le follie che facciamo insieme, voi così serio, così elegante... Come siete elegante stasera! raffermate meglio la vostra camelia... Non è vero che ho un po' della monella, io?»

Verso quell'epoca ella avea avuto un capriccio per il saltimbanco di una compagnia equestre, e avrebbe voluto andare al Politeama tutti i giorni. La Ferlita se n'era accorto trovandosi per caso nel suo palchetto, vedendola fissare lungamente il cannocchiale sulla scena; da buon camerata le fece delle osservazioni alquanto pungenti; ella gli tenne il broncio. «Vedete come siete ingiusti voi altri! se una ballerina vi piace, padronissimi d'andare a vederla e di sbracciarvi in applausi! credete forse che un bell'uomo non possa piacere al pari di una bella donna? e che i ballerini e i saltatori di corda siano fatti per essere ammirati da voi altri signori? Non andate in un museo a vedere l'Apollo ed il Bacco? e quel lì, guardatelo, non è una bella statua di uomo? Io non lo vorrei nella mia anticamera, ma sulla scena mi piace.»

A La Ferlita saltò la mosca sul serio stavolta, ma Nata non se ne diede per intesa; era delle prime ad applaudire, ella che non soleva applaudire giammai, e non lasciava mai col cannocchiale l'Antinoo da palcoscenico. Infine quel povero diavolo s'accorse dell'effetto che facevano su quella gran dama le sue pagliuzze d'oro e la sua zazzera lustra e inanellata, e perdette la testa; non aveva più la solita disinvoltura e la solita smorfia sorridente ed eguale per tutti, salutava sempre una sola parte del pubblico plaudente, quello di sinistra, spesso s'imbrogliava negli ordegni e nei cordami. Una volta nel saltare sui due piedi con una graziosa riverenza capitombolò goffamente; tutti gli spettatori non ebbero che un movimento di simpatia e di commiserazione, solo la contessa scoppiò a ridere talmente che dovette nascondere il viso nel fazzoletto. Il poveretto non osò più comparire sulla scena.

«Ecco cos'è la gloria!» esclamò gaiamente, e scorgendo che anche Giorgio rideva. «Vedete come vanno a finire i miei entusiasmi?»

Poi l'indomani Giorgio la incontrava in un ballo, o la vedeva nel suo palchetto alla Pergola, scollacciata, coperta di pizzi, carica di brillanti, elegante, freddamente altera, coll'ironia sulle labbra, il ventaglio in mano come uno scettro, rispondendo appena con un cenno del capo agli inchini profondi, al più degnandosi di puntare il cannocchiale dal suo palchetto come un saluto; l'amico, il camerata del giorno innanzi confondevasi fra la folla che le faceva ressa attorno, ella lo distingueva appena con un mezzo sorriso, non gli apparteneva più, rientrava nella sua sfera a testa alta. Una volta, in mezzo ad un ballo, fu colta dalla tosse, e quando riapparve nella sala era pallida come cera, ma si rimise a ballare come prima. Giorgio l'accompagnò sino alla carrozza; mentre scendeva le scale, tutta imbacuccata nel suo mantello ovattato, col cappuccio sulla fronte, avvolto il capo nel velo a tre riprese, pallida ancora e silenziosa stavolta, gli disse con impercettibile aggrottamento di ciglia:

«Perché mi guardate così? si direbbe che avete paura di accompagnare una moribonda.»

Egli ebbe per tutta la notte quello sguardo e quelle parole nella mente.

Fu malata per tre o quattro giorni, non ricevette nessuno, e poi riapparve nuovamente in mezzo alla folla dei teatri e delle feste un po' più pallida, un po' più dimagrata, ma assetata di vita e di piaceri più di prima. Avvicinandosi la primavera, cominciava a parlare di bagni e di viaggi, e faceva dei progetti coi suoi amici che contava d'incontrare alle acque o in Isvizzera.

VI

Verso la fine di marzo La Ferlita era stato nominato vicesegretario e doveva partire per Lisbona. La contessa aveva dato un thè in questa occasione, invitando de Rancy, la viscontessa, Colli, San Damiano, la signora Grandi e alcuni altri. Giorgio era rimasto l'ultimo ad andarsene.

«Addio,» gli disse Nata finalmente stringendogli la mano, «o piuttosto a rivederci: ci vedremo ancora, non è vero?»

«Certamente,»

«Per quanto tempo ancora?» - a lui parve udire un altro suono in quella voce; ma subito, colla calma consueta elle riprese: «Quando partirete?»

«Fra tre o quattro giorni.»

«Il Portogallo è un bel paese, e voi sarete felice!»

Erano presso l'uscio a vetri che metteva nel giardino; Giorgio parlava delle noie della partenza, e Nata colla fronte appoggiata ai vetri sembrava ascoltare; la luna segnava il viale di larghe striscie d'argento attraverso le ombre sottili del cancello, e faceva la contessa più pallida in viso. Ad un tratto Giorgio volgendosi verso di lei vide due grosse lagrime che scorrevano lentamente sulle guance; quella vista lo colpì di stupore; tutto il passato, tutte le contraddizioni, tutte le stranezze, tutte le rivolte di quella donna gli balenarono ad un tratto dinanzi agli occhi, gli si spiegarono proprio col bagliore accecante e sfuggevole del lampo, giacché la fisonomia di lei avea ripreso subito la maschera rigida e calma. Ella lo avea amato, lo amava, serbando sempre quel viso impenetrabile. Quelle lagrime che venivano dal fondo del cuore e che sembravano scorrere sul marmo, dovevano molto costare a quel carattere di sasso. Egli le afferrò la mano con impeto e domandò con voce tremante:

«Che avete?»

Nata si voltò come una leonessa ferita; mosse le labbra due o tre volte senza dir nulla e si svincolò vivamente dalle mani di lui. Poscia bruscamente spalancò l'invetriata e uscì in giardino a capo scoperto, nella notte fredda e bianca di luna; e siccome Giorgio, senza saper quel che si facesse, senza sapere che pensare di quella strana creatura, tentava trattenerla:

«Non volete?» diss'ella continuando ad andare. Avea la voce leggermente rauca, con un tono di sarcasmo quasi amaro.

«Non voglio che vi uccidiate!»

Ella si fermò di botto e gli lanciò un'occhiata dura e scintillante.

«Che importa a voi?»

«Non mi credete vostro amico?» balbettò Giorgio.

«Amico? si, amico! Vi credo mio amico. Ma ho tanti amici! San Damiano, Colli, de Rancy...

e dai miei amici non mi piace esser contraddetta.»

«Perdonatemi, è stato per la prima e l'ultima volta.»

Senza badare al tono di quella risposta e cambiando improvvisamente il tono della sua:

«L'ultima? che brutta parola... Infatti... è vero. Chissà se ci rivedremo mai più? chissà?»

Il freddo la faceva rabbrividire e tossire leggermente.

«Piuttosto, se volete, datemi il mio scialle: è sul canapè, presso la finestra.»

Poi, incrociandosi lo scialle sul petto, e fissandolo in viso con una gran serietà:

«Vedete che son ragionevole infine, e che finisco col dar retta ai miei amici.»

Così dicendo andava diritta pel viale, un po' stretta nelle spalle, pallida e fredda, colle labbra increspate dall'aria frizzante, alquanto imbarazzata dalla veste che il vento le avvolgeva alle gambe e sbatteva col fruscio di una vela allentata.

«Addio», gli ripeté allorché furono al cancello. «Ci rivedremo ancora un'ultima volta però.»

Giorgio rimaneva mutolo, sopraffatto dalla energia di quel carattere; le teneva la mano, e la stringeva forte, senza avvedersene.

«Infatti... non è meglio che sia l'ultima?»

«Perché?» domandò Nata coll'accento più naturale.

«Perché ho il torto d'amarvi!»

Ella lo guardò attonita, e rimase zitta un istante.

«Voi?» esclamò con stupore, e poscia con uno scoppio di risa, delle risa che lo schiaffeggiavano sulle guance: «Voi?... Ah!»

Giorgio le lasciò la mano con un brusco movimento; sentì come una vampa che gli montò dal cuore alla testa; ma da lì a poco si mise a ridere, e anche lui, un po' a denti stretti.

«Guardate, con una sera sì bella! siam soli, di notte, stringendoci le mani, fra lo stormir delle fronde e alla pallida luce dell'astro degli amanti. Pel quarto d'ora devo adunque essere il vostro Romeo, non fosse altro che pel colore locale. Se vedeste come siete bella e vaporosa a questo lume di luna!...»

Nata non cessava di ridere a piccoli scoppietti - era un riso strano che non si accordava coll'espressione dei suoi occhi sbarrati. «Avete ragione. E pel quarto d'ora, ditemi, quante siamo le Giuliette? Io, la signora che menate a spasso alle Cascine, forse la viscontessa de Rancy, chi d'altri?»

Giorgio si strinse nelle spalle. Allora ella, prendendogli le mani nuovamente, gli disse con voce carezzevole: «Povero Giorgio! Sono stata un po' civetta con voi, pel passato, molto tempo addietro, molto tempo! Adesso vi voglio bene, proprio voler bene, sapete. Ma amarci, a parte il color locale, non ci amiamo né voi, né io... A meno che non mi amiate come amate la vostra bella delle Cascine. Quanto a me...»

«Quanto a voi?...»

«Quanto a me è meglio che restiamo amici, Romeo, volete? Meglio per voi, meglio per me, meglio per tutti.»

In così dire si mise a tossire di nuovo. La Ferlita le prese il braccio con amorevole violenza.

«Ebbene, come vostro amico datemi retta, rientrate in casa. Così vi uccidete.»

Nata si lasciò condurre, docile e obbediente come una fanciullina; Giorgio rianimò il fuoco, avvicinò la poltrona al camino, le fece scaldare i piedi intirizziti. Ella era pallida, e di quando in quando si stringeva nelle vesti con un brivido di freddo; la fiamma alta la faceva sorridere. Ei non diceva più verbo, e sembrava prendere sul serio la sua parte; quando si fu riscaldata, e che il riverbero del caminetto cominciò a dare un po' di colore a quel viso di cera, le disse:

«Vi prego di scrivere queste quattro parole come se le pensaste, a guisa di ricordo per l'ultima sera che abbiamo passato insieme giocando a Giulietta e Romeo. 'Vi amo, parto, addio'.»

Nata, senza esitare, senza voltarsi neppure verso di lui, rispose tranquillamente: «È inutile, perché ve l'ho già scritto un'altra volta.»

«Voi dunque!...»

«Se me lo domandate per confrontare le due scritture, vi risparmio cotesto esame; se c'è un rimprovero nelle vostre parole, l'accetto senza cercare di scusarmi.»

«Giacché non mi amate più, non voglio esaminar più nulla, non mi lagno di nulla, non vi rimprovero nulla.»

Ella rimase cogli occhi fissi sulla fiamma.

«Credevo non vedervi più, ecco perché vi ho scritto così», aggiunse Nata da lì a poco freddamente e risolutamente.

Giorgio sogghignò.

«Volete che sia vostra amante?» diss'ella con un accento brusco, ma calma e risoluta, piantandogli in volto quel suo sguardo selvaggio. E siccome La Ferlita, attonito, non trovava una sola parola:

«Volete che mi dia a voi, domani, stasera, freddamente, deliberatamente, senza amarvi punto? Volete?»

«Che donna siete mai?» gridò egli dopo un istante di quel silenzio stupefatto. Nata scoppiò in un riso stridente che la fece tossire e le imporporò le gote:

«Avete delle curiosità malsane, amico mio. Io non ho mai avuto la pretesa di arrivare a saper tanto... e forse ho fatto meglio.»

«Vi dirò quel che sono io. Sono uno stupido, che mentre voi gli ridete in faccia vi ama come un pazzo. Vi ho amata per tre mesi senza saperlo, senza sospettarlo, credendo che quella prima fase donchisciottesca del mio sentimento avesse realmente dato luogo a una semplice amicizia. - Voi eravate tutt'altra donna. Ad un tratto questa passione m'irrompe in cuore come una febbre, come un delirio. Le vostre parole, i vostri sorrisi, i vostri sarcasmi mi frustano il sangue nelle vene, e adesso capisco come si possa uccidersi per svincolarsi dal vostro fascino funesto.»

A queste ultime parole, ella che ascoltava immobile e senza guardare Giorgio trasalì, e si volse repentinamente verso di lui, più pallida di prima, piantandogli in volto gli occhi spalancati e pieni di una espressione selvaggia.

«E voi... vi uccidereste... voi?»

«A che scopo? per rendermi ridicolo anche così?...»

«Infatti, sapete cosa ne penserei? Che vi uccidereste per la vanità di far parlare di voi nelle conversazioni e nei giornali. Adesso, giacché mi ragionate di amore, ascoltate.» Ella era rivolta verso la fiamma, sembrava in volto ora bianca come una statua, ora livida come un cadavere; parlava lentamente, con voce ferma e sorda; teneva gli occhi chiusi, e un sol muscolo del suo viso non si muoveva. «Io ho amato... una volta... ho amato quell'uomo di cui mi rinfacciate la morte... l'ho amato come voi altri non sapete amare, io, donna senza cuore, e non sono morta come un personaggio di tragedia... almeno allora. Era un ribelle condannato all'esilio, credo anche un ebreo, senza altra ricchezza che la sua carabina di cacciatore. Mi odiava perché io ero della razza dei suoi padroni, di coloro che aveano gettato lui in Siberia e avevano bastonato le sue donne - l'amai perché mi odiava, perché mi fuggiva; c'era un abisso fra di noi, e la vertigine mi gettò nelle sue braccia.»

Guardò La Ferlita, e lo vide pallido anch'esso.

«Mi amate veramente, Giorgio?»

Egli, che stava con la fronte fra le mani, levò il capo e le lanciò uno sguardo che rintuzzò quello di lei.

«Quanto durerà il vostro amore?»

Giorgio chinò il capo di nuovo, e non rispose.

«Vi domando se potete dirmi, sulla vostra parola d'onore, che mi amerete sempre così, anche quando sarete stato il mio amante; vorrei sapere che cosa fareste se una donna più bella di me, o che vi piacesse dippiù, che avesse soltanto il vantaggio di non essere io stessa, una duchessa, una cameriera, vi stringesse la mano in un ballo, o entrasse sfrontatamente in camera vostra: cosa fareste, La Ferlita?»

Giorgio taceva sempre, come annichilito. Ella seguitò:

«Colui dicevami che lo rendevo felice, che mi avrebbe amato eternamente, che avrebbe voluto morire per me, e siccome era bello e poeta, un po' come voi, diceva tutto ciò in modo seducente; tutti i nostri vicini di campagna parlavano delle nostre follie. Che m'importava? io ero stata felice di provare a lui che gli gettavo sotto i piedi anche la mia riputazione, come gli avevo gettato il mio orgoglio, le mie ripugnanze, e tutto. Mio marito non mi ama, non è geloso, ma è perfetto gentiluomo, e non potendo battersi col suo rivale, avrebbe saputo che il suo dovere era di bruciare le cervella a lui e a me; allora trovavasi al Caucaso: dopo sei mesi fui costretta a raggiungerlo a Pietroburgo per passarvi l'inverno. Mi parve di morire, Dolski mi scriveva delle lettere che mi davano delle notti insonni e febbrili. Finalmente perdetti interamente la testa, e in un breve intervallo che il conte era assente mi misi in viaggio, feci il lungo viaggio nel cuor dell'inverno, a cavallo, in carrozza, in slitta, come potei, per andare a raggiungere il mio amante, io che avevo sdegnato veder ai miei piedi dei principi... quell'uomo ai piedi del quale mi sarei inginocchiata... e arrivando all'improvviso seppi che durante la mia lontananza egli aveva avuto 'una distrazione', e che un'altra... non so chi sia, non volli saperlo, avea profanato la mia memoria e il mio amore. Ripartii senza vederlo, senza fargli un rimprovero: mi ammalai lungo il viaggio, e quando giunsi a Pietroburgo, dissero ch'ero etica. Quell'uomo pure mi amava alla sua maniera, alla maniera di voi altri; ruppe il bando, a rischio della vita, e mi corse dietro come un forsennato. Io ero in letto con la febbre, e l'udii piangere, e implorare, e picchiare della testa sul limitare del mio uscio. In quel momento non seppi più perdonare a quell'uomo che mi uccideva di non avere almeno la dignità della colpa. La mia caduta non avea più scusa, era una cosa ignobile... Avrei voluto salvare almeno il sentimento che mi avea fatto cadere... Allora...» si nascose il viso fra le mani «non vi dirò più altro... Quell'uomo si uccise, come vorreste far voi drammaticamente, con una pistolettata rumorosa... Io, vedete, non sono ancora morta...»

Ella avea un'espressione intraducibile nella fisonomia decomposta; sembrava un'altra donna; parlava con una voce che Giorgio non avea mai udito.

«Ecco cosa penso dell'amore, ed ecco perché non avrei dovuto vedervi più dopo avervi inviato quel biglietto»; disse poscia con voce sorda.

«Ditemi questo almeno!...» esclamò Giorgio con un gran turbamento. «Quel che mi avete scritto... lo pensavate allora?»

«Si!» rispose un po' pallida, ma guardandolo fisso.

Egli balzò in piedi.

«Perché dunque m'avete detto delle cose orribili? Siete senza cuore e senza pietà! che m'importa, vi amo! Se quell'uomo fosse vivo lo ucciderei, o ucciderei voi, ma vi amo!... vedete...»

Nata gli voltava le spalle, sprofondata nel seggiolone, e non rispose altrimenti che stendendogli la mano al di sopra della spalliera; ei l'afferrò con impeto, e stava per coprirla di baci quand'ella gli disse con voce calma:

«Buon viaggio, La Ferlita.»

VII

La contessa pagò la passeggiata al chiaro di luna con parecchi giorni di febbre, e Giorgio, che non era stato più in casa sua, lo seppe al Circolo, desinando con San Damiano e Colli. Ella non s'era fatta più viva, e non gli aveva scritto un sol rigo, come soleva fare pel passato allorché desiderava vederlo, sicché poteva ben credere ch'egli avesse preso alla lettera il buon viaggio datogli, e fosse partito per Lisbona. Nonostante la sera istessa andò a chiedere notizie di lei, e mentre il domestico gli diceva che la signora stava molto meglio, sopraggiunse Nata, vestita per uscire, col mantello sulle spalle. Vedendo La Ferlita, gli tese amichevolmente la mano, come nulla fosse stato fra di loro, dicendogli: «Sto meglio, grazie» Giorgio balbettava qualche parola. «Vado alla Pergola; volete accompagnarmi, se non avete nulla da fare?»

Da porta San Gallo alla Pergola scambiarono poche parole, Giorgio scusandosi alla meglio per non esser venuto, ed ella dicendogli che alla fin fine non era stato nulla, ma che si era annoiata moltissimo. Sembrava che non ci fosse un'ombra d'imbarazzo fra di loro, eppure divagavano troppo nei discorsi, e mettevano contemporaneamente il capo allo sportello ad ogni voltata che faceva la carrozza, per vedere se fossero arrivati. Nata intanto si snodava i nastri del cappuccio, e la seta dell'ovatta rendeva un fruscìo che, così nell'oscurità, avea qualcosa di vivo, e carezzava l'innamorato nelle più intime fibre. Attraversando il vestibolo del teatro, Giorgio si scusò di non essere in giubba e voleva lasciarla sul limitare del palchetto.

«Non fa nulla, rimanete. Vi metterete in un canto, e discorreremo lo stesso.»

Così dicendo lasciò cadere il mantello nelle mani di Giorgio, e si avanzò sul davanti del palchetto, colle braccia nude, gli omeri un po' magri e come trasalenti alla prima impressione dell'aria, il capo ornato di fiori, l'occhio brillante sul viso imbellettato, appena accerchiato da un leggiero lividore; prima di mettersi a sedere si fermò ritta, appoggiandosi colla mano sul velluto del parapetto, e passò in rivista col cannocchiale le acconciature eleganti, salutando le amiche con un piccolo cenno del capo o con un sorriso. Poi si assise, sciorinando le balzane, assettandosi sul busto la vita scollacciata con dei piccoli movimenti di spalle. La Ferlita fu completamente dimenticato. Durante i due primi atti ella non ci fu che per il pubblico, o per se stessa, o per lo spettacolo. Fra un atto e l'altro Giorgio era andato a comprarle dei dolci, e al suo ritorno la trovò come l'avea lasciata, attentissima all'opera. Ella lo ringraziò con un cenno del capo, ma il cartoccio rimase intatto sul parapetto. Fino allora non avea rivolto a Giorgio una sola parola.

«Avete fatto bene a non partire senza dirmi addio,» gli disse infine col viso rivolto verso la scena, «sarei stata molto dolente se non vi avessi visto.»

«Scusatemi, anzi. Ho saputo soltanto oggi che siete stata ammalata.»

E dopo un momento gli stese la mano.

«Ci lasciamo amici, non è vero?»

«E ci rivedremo più amici di prima, spero.»

Nata gli rispose con una stretta viva e brusca, ma tosto ritirò la mano e si mise a guardare col binoculo in un palchetto di faccia. Poscia posò il cannocchiale col braccio disteso sul parapetto, e appoggiò le spalle allo schienale della poltrona. Sembrava che lo spettacolo l'assorbisse completamente; di tanto in tanto passavano delle correnti di fluido misterioso in fondo alle sue larghe pupille grigie, e le oscuravano come se le intorbidassero. A poco a poco gli occhi si fecero immobili, si dilatarono, le labbra si strinsero, e parve che il viso si profilasse; appoggiò anche il capo alla parete del palchetto, un po' indietro e all'oscuro, e più non si mosse; soltanto le trine che le velavano il petto si gonfiavano interrottamente. Giorgio non osava dir nulla ed evitava di guardarla.

Infine, sorpreso dalla durata di quella immobilità e di quel silenzio, si chinò alquanto verso di lei per domandarle cosa avesse, ma vide che teneva gli occhi chiusi, e gli sembrò scorgere delle lagrime luccicare fra le lunghe ciglia, nell'ombra. Egli sentì come un'onda improvvisa di amarezza e di voluttà che gli addentava il cuore e lo afferrava alla gola: erano le stesse lagrime dell'altra volta, le quali sgorgavano dal più profondo, ribelli, schive, amarissime su quel viso impenetrabile, sul quale s'indovinava solo la lotta interna e la collera che sarebbe scoppiata se ella fosse stata sorpresa in quel momento. Dalla platea e dai palchi si applaudiva fragorosamente il duetto del *Ruy Blas*; Nata si scosse, si alzò bruscamente, volgendo in là il capo con un mal celato dispetto, e volle andarsene; avea la voce leggermente velata. Giorgio l'aiutava a mettere il cappuccio nel fondo del palchetto; ella lasciava fare, e lì, nella semi oscurità, ritta e palpitante, gli afferrò all'improvviso le tempie, e pallida, seria, risoluta, coll'occhio luccicante, senza dire una parola, gli appoggiò lungamente sulle labbra le labbra umide e calde.

Giorgio l'abbracciò quasi fuori di sé; ella gli appoggiò le mani sul petto, e s'irrigidì, coll'occhio sbarrato in quello di lui, senza vederlo; poi si svincolò dolcemente, ed uscì dal palchetto. Ei la seguiva barcollando, sbalordito, soffocato dalla violenza di quella passione che irrompeva ad un tratto come una tempesta. Nata attraversò il vestibolo a passi affrettati e chiusa nel suo mantello. Lungo tutta la via non aprì bocca; si tenne rincantucciata nell'angolo della carozza, al buio, stringendosi nelle vesti, e quando i fanali delle cantonate mettevano un raggio guizzante di luce nel fondo della carrozza, Giorgio sorprendeva quegli occhi lucenti, fissi su di lui, con un che d'implacabile che faceva quasi paura su quel viso bianco e rigido. Infine, cedendo a un impulso irresistibile, La Ferlita afferrò vivamente la mano di lei che dapprima rispose alla sua stretta con una pressione nervosa, bruciante di febbre sotto il guanto; poi si svincolò bruscamente, quasi con collera.

«Che avete?» le domandò.

Ella rispose con voce sorda:

«Mi disprezzo!»

In questa il legno si fermava. Nata discese, gli strinse la mano senza guardarlo; sentendo la stretta di quella di lui, muta, disperata, supplichevole, gli piantò in viso quello stesso sguardo del palchetto, duro e freddo come l'acciaio, luccicante ai fanali della carrozza, e con accento breve e secco:

«Non vi amo, sapete» disse «no!»

E lo inchiodò sul marciapiede con quello sguardo, con quelle parole, allontanandosi senza dir altro.

Era sera di ricevimento in casa de Rancy, e la viscontessa vide giungere La Ferlita così tardi e così stralunato che gli andò incontro premurosamente.

«Cos'è stato?»

«Nulla, domani parto per Lisbona e sono venuto a dirle addio.»

«Com'è pallido!»

«Sarà il freddo; avrò fatto le scale molto in fretta. Quanta gente stasera!»

«Ha vista la contessa?»

«Sì, sono stato alla Pergola con lei.»

«Sta meglio dunque?»

«Molto meglio.»

«E lei... partirà proprio?»

«Ho già fatto le mie valigie.»

«Amico mio, dalla sua cera ho paura che perderà la corsa e che tornerà a disfarle.»

«E il mio dovere? la mia carriera? il mio ministro?... Se ciò per disgrazia avvenisse, la prego di rendermi un vero servigio: procuri di farmi condurre sino alla frontiera dai carabinieri, colla camicia di forza per giunta.»

La viscontessa gli tese la mano, fra seria e ironica:

«S'è così, tanto meglio! buon viaggio dunque, e a rivederci.»

In quella sopraggiunse il visconte.

«Partite finalmente? Lasciatemene congratular con voi, mio caro; prima di tutto per la vostra carriera, e poi per cento altre cose.» Così, attraversando le sale a braccetto. «Fate benissimo ad andarvene in questo momento; siete l'amante della contessa, lo dice tutta Firenze, è una bella fortuna, non dico di no; ma è anche una bella fortuna finirla a tempo; suo marito potrebbe capitare da un giorno all'altro; certamente che un incontro con lui non vi metterebbe in pensiero, ma sapete, nella vostra posizione bisogna pure aver dei riguardi; un affare di questo genere con tutt'altra persona non vi nuocerebbe, anzi! ma il conte è uno dei beniamini della corte di Pietroburgo, e voi non siete ancora ambasciatore. Poi cosa potete desiderare dippiù? A Lisbona del resto ci sono della bellissime donne. È vero che la contessa non ha da temerne il paragone, almeno per voi che ne siete innamorato: è questione di gusti. Venite di là a fumare un sigaro. Insomma si può essere innamorati, lo so; è una donna bizzarra, tutta nervi, tutta a faccette, come un richiamo da allodole, è cosa piacevolissima, interessante, che vi agita, vi scuote, vi fa vivere in un bagno caldo... so cosa vuol dire amare una di queste donne, sia detto ora che la viscontessa non può udirci, si può perderci la testa, ma ecco dove sta appunto il pericolo, amico mio; noi abbiamo la testa sulle spalle per fare i nostri affari e il nostro interesse, lo sapete meglio di me, e non esser ridotti a tirarci su delle pistolettate come quel povero diavolo di Dolski.»

«Conoscete anche voi quella storia?»

«Chi non la conosce più o meno a Pietroburgo? Quella è una donna pericolosa, per bacco!, bella, bellissima, seducentissima; ma da far paura al Baiardo degli innamorati; io ho conosciuto quel polacco a Varsavia, era un giovane bello e distinto, ma era anche un po' esaltato, tanto da compromettersi ed esser mandato in Siberia, e da far poi quel che ha fatto... Infine perché? lo saprete anche voi - per la miseria di un amoretto che s'era permesso mentre lei era a Pietroburgo, e pensate che doveva starci sei mesi! La contessa deve avere delle idee singolari sulla fedeltà mascolina, e punto comode! Egli ruppe il bando, a rischio di tutto, corse a buttarlesi ai piedi; ella non volle vederlo, e gli fece dare quattromila rubli per mezzo del domestico. Il vostro sigaro non accende bene, prendetene un altro, son degli avana fabbricati in Isvizzera, che mi appestano la stanza. Sentite che donna, mio caro! Gli diceva: 'Vi ho comperato, ma non vi ho amato, ora vi pago, l'amore è salvo e senza macchia' - l'amore è la sola divinità di costei; egli le scrisse colla febbrile concisione della disperazione, che se non gli avesse perdonato sarebbesi ucciso sotto i suoi occhi. 'È il solo mezzo di riabilitarci entrambi' gli fece rispondere.

Giorgio fumava e sembrava distratto. Infine gli disse colla maggiore calma del mondo:

«Dite delle cose giustissime, caro visconte; ma quando siete stato innamorato, cosa avete fatto?»

«Quello che state per fare voi. Non sono un eroe, non ho la pretesa di vincere né me né gli altri; batto in ritirata: quando mi accorgo di essere sul punto di fare una corbelleria, ci metto di mezzo una bella distanza; il meglio sarebbe di metterci un'altra donna - chiodo scaccia chiodo; il mare vi dà delle melanconie noiosissime, i monti vi danno la nostalgia, la frontiera vi pare che vi stia sullo stomaco - ma la ritirata ad ogni costo, a costo della nostalgia, a costo dello spleen, se non potete metterci un'altra donna; è questione d'ottica, amico mio, quando sarete di là dalle Alpi finirete col far le boccaccie alla corbelleria che stavate per fare. Infine spero che questo viaggio vi sarà utile.»

«Vi ringrazio.»

«E scusatemi anche, caro La Ferlita, se ho chiacchierato troppo, a fin di bene però, vi prego di esserne convinto. Ho detto delle cose che forse in questo momento non avreste voluto udire; quel che ho raccontato della storia del polacco avrà potuto farvi dispiacere; ma in fondo spero che gioverà. È una donna terribile, caro mio, con idee dell'altro mondo, ma che nel nostro, diciamolo fra noi, fanno un effetto assai singolare, e credo vi aiuteranno a partire allegramente.»

«Non parto più.»

«Siete matto!»

«Lo so benissimo, ma non parto più.»

«Per quel che vi ho raccontato?»

«Forse...»

«Caro mio... Io sono stato certamente più matto di voi a non prevederlo.»

L'indomani, quando Nata meno se lo aspettava, arrivò suo marito.

Marito e moglie solevano farsi buona compagnia per tre o quattro mesi dell'anno, allorché s'incontravano alla capitale; ma il resto del tempo il conte era sempre lontano e in servizio. Egli dovette indovinare, o si aspettava, la sorpresa della moglie.

«So che state assai meglio» le disse, «e credo che vorrete approfittare della buona stagione per tornare in Russia. Ho chiesto un permesso di quindici giorni e son venuto per avere il piacere di accompagnarvi.»

Il conte era un gentiluomo sui 40 anni, alto, biondo, un po' calvo sulla sommità della fronte e invecchiato innanzi tempo; ma nel suo aspetto, nelle sue maniere, in tutto ciò che faceva e diceva aveva una rigidità militare, un certo che di calmo e risoluto che, accompagnato a quel viso pallido e disfatto, imponeva soggezione mista a diffidenza. Avea degli sguardi freddi e penetranti che infastidivano.

«Grazie» rispose Nata.

Però la sera istessa ricevette una lettera misteriosa che le fu recapitata di nascosto per mezzo della sua cameriera.

«Tuo marito ha dei sospetti. Guardati.»

Il conte non mostrava aver nulla di nulla, e passò il giorno visitando le gallerie e i musei. Rientrando in casa vide dei preparativi di partenza.

«Quando volete partire?» domandò alla moglie.

«Anche domani; sono pronta.»

La Ferlita intanto non sapeva nulla di quell'arrivo, ed indugiava ad affibbiare le sue valigie. La sera dopo trovò una lettera che l'aspettava sul suo tavolino:

«Speravo vedervi un'altra volta. Quando ci siamo lasciati l'altro giorno né io né voi sapevamo che quello sarebbe stato il nostro ultimo addio. Ho molto sofferto, sapete; ma nel momento in cui vi scrivo, accanto a quel medesimo tavolino sul quale avete appoggiato la mano tante volte, sembrami di soffocare. Vorrei morire prima di di partire. Pochi giorni sono eravate qui, seduto sul canapè, vi rammentate? avevate il gomito sul bracciuolo, e il cuore mi si spezzava pensando che fra non molto ci saremmo lasciati per sempre. V'erano dei momenti, quando meno lo sospettevate, in cui avrei voluto soffocarvi nelle mie braccia come una pantera gelosa. Vi amo! vi amo! ve lo dico adesso che non vi vedrò mai più; ve lo dico per inchiodarvi queste parole nel cuore, come ho la vostra immagine inchiodata nel mio. Sentite, ora che ve l'ho detto, ora che non mi vedrete più, voi non mi dimenticherete giammai; nessuna passione dell'animo vostro mi sarà rivale: l'amore, il giuoco, l'ambizione, tutto sarà meschino per voi al confronto della memoria di colei cui non avete baciato un dito. Ecco come voglio essere amata: se fossi stata vostra amante, forse saremmo finiti per voltarci le spalle senza dirci addio; ogni giorno che avremmo passato insieme ci avrebbe rapito un'illusione; l'oggetto del mio amore dev'essere superiore a tutti gli altri. Voglio pensare a voi, sempre, nei lunghi dolori, nella solitudine, negli scoramenti che mi aspettano; voglio pensare che mi amerete come cosa al di sopra di voi, che mi cercherete dappertutto col pensiero, anche quando sarò morta. Vi condanno a pensare a me, vi condanno ad adorarmi in ispirito, come una divinità, perché vi amo! Voi sapete che mi rimangono pochi mesi di vita - voglio sopravvivere in voi. Addio, Giorgio! vi faccio una promessa; verrò a morire vicino a voi, non vi vedrò, avrò la forza di morire in silenzio, ma voi penserete a me, non è vero? Direte, forse in questo momento, ella è là, che si muove. Guardate, piango e vi assicuro che non mi accade di frequente! Vorrei piangere sulle vostre ginocchia.»

L'orologio sullo scrittoio suonava gli ultimi rintocchi delle ore che Giorgio non aveva udito; il vento faceva piegare la fiammella della candela; ei si accorse allora che la finestra era aperta. La via era silenziosa e deserta, in alto, al di sopra dei tetti che confondevansi vagamente nell'ombra, formicolavano delle stelle. La Ferlita stette qualche tempo alla finestra, assorto, senza sapere quel che stesse pensando; le ore suonavano a tutti gli orologi della città con toni diversi; di tanto in tanto si levava in mezzo al silenzio il fischio della stazione di Santa Maria Novella; l'unico pensiero, di cui egli avesse una percezione distinta, era che giammai avea creduto ci fossero tanti orologi a Firenze. Finalmente uscì, e andò nel viale Principe Amedeo senza sapere egli stesso perché. Il villino avea la consueta fisionomia. Qualche volta La Ferlita s'era trovato a passare a notte avanzata dinanzi a quelle finestre - allora se ne ricordava - e avea visto così quella casa, colla sua facciata biancastra e muta su cui si allungavan le ombre degli alberi, e coi suoi contorni che al lume del gas uscivano dall'oscurità con un certo rilievo. Il lampione più vicino del marciapiede lambiva di sbieco le lancie dorate. Al cominciare del viale c'era ancora il solco netto delle ruote di una carrozza signorile; d'insolito non c'era che l'*appigionasi*, in alto, appeso al cancello, che di quando in quando si muoveva nell'ombra agitato dal vento.

VIII

Era passato del tempo! Babbo La Ferlita era morto; Giorgio avea preso moglie; noi eravamo invitati per un'altra festa di famiglia, la nascita del suo primogenito.

C'erano i medesimi invitati, le medesime signore con degli altri vestiti, i medesimi signori con le stesse cravatte bianche, la stessa suocera, che andava e veniva nelle camera della sposa collo stesso fazzoletto ricamato e più giallo che mai, la madesima sposina bella come allora, sorridente come allora, ma in un'altra maniera, un po' pallida ancora, seduta nella sua gran poltrona, e infine quel medesimo sposo, bel giovane sempre ed elegante, in giubba e cravatta bianca, ma che avea un'aria singolare con quel fagotto di batista e di trine che portava attorno fra le braccia trionfante, senza accorgersene ma di buona fede, facendo ammirare a coloro che lo volevano e a coloro che ne avrebbero anche fatto a meno una cosina informe, che si moveva con contorcimenti bruschi, impacciati, che faceva delle smorfie, e di quando in quando metteva una specie di belato.

«To'! par vero? Eppure è proprio La Ferlita col suo marmocchio in braccio!» borbottò Crespi, scapolo impenitente, mentre che Giorgio ci passava vicino.

«Lascia vedere! ha diggià i capelli!» esclamò un invitato ufficioso per soffocare l'osservazione del Crespi.

«Sì» rispose Giorgio sorridendo, «è biondo.»

«Tutti i bambini sono biondi», disse Vernetti.

«Come te, tutto te, la fronte, il naso... guarda se non è il naso di Giorgio, eh?»

«Ma di naso sembra invece che non ne abbia punto.»

«Strano! come siam fatti... quando veniamo al mondo!»

«Caro Crespi,» disse alfine La Ferlita, «quando avrai dei figliuoli sarai anche tu come me, te lo dico io, e sarai scioccamente giulivo di sentirti sgambettare fra le braccia il tuo piccolo bamboccio.»

«Eh!... lo credo» rispose Crespi colle mani in tasca «quando li avrò.»

Nell'altra camera le intime amiche e le matrone facevano corona alla moglie di Giorgio, colmandola di carezze, di suggerimenti e di consigli; il bambino passava di mano in mano come un balocco. Giorgio quando la moglie era sola le si avvicinava, si chinava sul bambino che ella tenevasi in grembo, le sorrideva e le diceva qualche parola sottovoce. Attraverso le tende dell'uscio quella grande poltrona foderata di guanciali, in quella gran camera debolmente illuminata, quella donna vestita di bianco, col viso abbattuto e giulivo, e quei baffi biondi messi lì vicino a quella cuffietta, con quel vagito sottile che si udiva, e quella mano candida come cera che si posava su quella giubba nera, visti da quella sala riboccante di luce e affollata di signore eleganti, coperte di trine, scintillanti di gemme e colle spalle nude, e di giubbe nere che ronzavano e s'aggruppavano come mosconi in un meriggio d'estate «facevano un effetto singolare», diceva Crespi. «In parola d'onore, quando avrò moglie e figliuoli, come dice Giorgio, voglio mettere tanto di catenaccio alla porta di casa!» borbottò cavando finalmente le mani di tasca.

Gli uomini, almeno quelli che non avevano a chi fare la corte, a poco a poco s'erano ridotti nel gabinetto di Giorgio, a fumare e a ciarlare di donne e di politica. Falchi aveva comperato una bellissima pariglia e ce la fece entrare a rimorchio delle voci di guerra, delle rimonte della cavalleria, e delle spese enormi che sostiene lo stato pei depositi di stalloni. Bassano avea fatto un'eccellente speculazione sulla rendita lo stesso giorno, e tirò in campo il listino della Borsa a proposito di quanto costano le donne. Giorgio andava e veniva. «La Ferlita ci parlerà di balie», disse Crespi all'orecchio del suo vicino. «Ne ho abbastanza, caro mio; preferisco andar a discorrere di mode con quelle signore.»

Quei giovinotti azzimati e in cravatta bianca, sdraiati sui canapè e sulle poltrone col sigaro in bocca, aveano finito col parlar tutti di donne, senza molti riguardi, come se di là non ci fossero ancora delle signore cui avevan rivolto cinque minuti prima delle cose profumate e vaporose, arrotondando le frasi e l'atteggiamento. Ciascuno diceva la sua, spesso tutti in una volta, spifferandone di tutti i colori colla maggiore disinvoltura. Se quelle dame si fossero data la pena di origliare dietro l'uscio, ne avrebbero sentite delle belline. «La donna è il più bell'animale della creazione, ma ha degli istinti troppo complicati.» «Crespi perde il suo tempo colla baronessa, senza accorgersi che Giulio è arrivato col primo treno.» «Sentite, mio caro, io sto per l'emancipazione della donna; allora verrà la nostra volta di essere corteggiati, e di permetterci dei capricci, e dei nervi.» «Sai di Alfonso? Alfonso il bello? è proprio una disgrazia! Sembra che il suo cameriere non sia più un ladro, e che la padrona ne sapesse già qualche cosa anche prima che i questurini gli abbiano messo le unghie addosso; insomma, il fatto è che Alfonso in persona ha dovuto sbracciarsi per farlo mettere in libertà, per timore di peggio.» «Crespi è un imbecille con tutto il suo spirito, la baronessa lo mena pel naso e gli fa toccare con mano che Giulio e i suoi tre predecessori non sono mai stati altro che degli amici.» «Quel povero barone ne vede di tutti i colori!» «Piuttosto non vede nulla di nulla.» «I Turchi sono la gente più spiritosa del mondo.» «Hai visto la marchesa stasera? che spalle!» «E quanta polvere di riso!» «E la Staël da strapazzo, con quei ricciolini e quell'aria ispirata che la fa sembrare colpita da cataratta.» «Non ho voluto più saperne di Ersilia; mi annoiava, caro mio, era sempre la stessa cosa!» «Caro Bassano, la donna è un oggetto di lusso, quando potrò permettermi sei cavalli in scuderia invece di due, allora mi regalerò un'amante.» «Amici miei, voi dite delle bellissime cose, ma io ho amato due volte, e ne ho abbastanza; la prima era una civetta che mi faceva stracciare un paio di guanti tutti i giorni; la seconda una sentimentale gelosa dello zeffiro e del fumo del mio sigaro, cui bisognava dare delle spiegazioni pel mazzolino che mi regalava la fioraia, e che mi versava periodicamente delle lagrime sulla cravatta; in fede mia preferisco il celibato dell'anima, a meno che non trovi una Venere bestia come un'oca.» «E La Ferlita! Chi avrebbe potuto prevederlo?» «Io lo avevo previsto, ché lo vedevo a Firenze spendere a rotta di collo.» «Ecco quel che si chiama fare una fine!» «È una vera fine, con tanto di croce.» «Ma, amici miei,» interruppe De Natale, ch'era tagliato un po' alla carlona, «voi altri parlate come se non aveste né madri, né spose, né sorelle.» «Oh! quanto alle spose... se ci fosse al mondo un'altra poveretta buona e dolce come la mia, consiglierei a tutti i miei amici di sposarla.» «Caro De Natale, una sorella non è una donna, ecco perché accanto alla mia, francamente e modestia a parte, mi trovo un poco di buono.» «So anch'io che esistono delle donne perfettamente degne di essere amate, e perfettamente rispettabili; ma lo so per caso!» disse Falchi;. «Or bene, giacché *per caso* avete sotto gli occhi tante eccezioni quanti siete voi altri, incluso lo scettico Crespi che perde il suo scetticismo dietro la baronessa, perché vorreste negare che La Ferlita possa essere felice anche colla catena del matrimonio al collo?» «Chi dice di no? Dammi un altro sigaro.» «È quistione di gusti.» «Hai detto catena!» «Io domando di esser felice più tardi che si può.» «Sì, quando tua moglie non sarà bella che per farti geloso, a torto o a ragione, e quando i figli non ti verranno che per darti le ansie e le paure di lasciarli orfani troppo giovani. È un egoismo sbagliato, caro Falchi, e lo pagheresti troppo caro.» «Insomma, De Natale, anche tu sei un marito convinto e contento: contento tu, contenti tutti. Non è vero, signori?» «Eh, eh!» «Però bisogna domandarne anche a Giorgio in confidenza, e dandogli promessa che sua moglie non ne saprà nulla.» «Amici miei, sono un egoista anch'io come Giorgio. Anzi, la nostra felicità non ci costa nulla, è facile, semplice e tranquilla. Quando vi sarete rotte le gambe a correre dietro la vostra felicità, ciascuno alla sua maniera, mi darete ragione. Sai perché non mi dà soggezione la tua aria sardonica, Falchi mio? né me ne dà il modo in cui Bassano mi buffa il fumo sul viso? Perché so che in questo momento in cui mi state ad ascoltare col sigaro in bocca e colle mani nelle tasche, sprofondandovi nelle poltrone e sorridendo sotto i baffi, tu pensi a quel che ti costa la tua Giuditta, tu che la tua baronessa si fa corteggiare da un altro, e tu che la tua relazione con quella signora che tu sai comincia ad annoiarti, e che ha durato troppo.» «Tutte coteste saranno ottime ragioni per te che non ti sei mai rotte le gambe, De Natale mio, ma Giorgio se le ha altro che rotte, lo so io che l'ho trovato a Firenze in tale stato da sembrarmi più adatto per San Bonifazio che pel ministero di Palazzo Vecchio!» «Di', Bassano, hai conosciuto quella russa che gli ha fatto girare la testa come un molinello?» «No, quella lì era invisibile; si diceva che fosse così malandata da essere costretta a tenere anche Giorgio al regime omeopatico.» «Si diceva anche ch'era una bella donna! Chi dice di sì e chi dice di no... Ma infine, sapete, una donna che vi cura colla omeopatia?» «E Giorgio l'ha piantata?» «No, è stata lei che l'ha piantato. Il danno, le beffe, e l'uscio addosso!» «Giorgio s'è dato pace però.» «Ed ella è andata a morire in un angolo di qualche albergo, come tutte coteste gran signore tisiche che vengono dal Nord.» «A proposito di tisiche e di gran signore, ne ho conosciuta una all'*Albergo dei Bagni* di Acireale, e sarebbe una bizzarra combinazione che fosse l'amante di La Ferlita, tanto più che è proprio russa!» aggiunse Bassano. «Bella?» «Tisica, mio caro, ossa e pelle, dagli occhi grigi grandi così.» «La conosco,» disse il dottor Rendona, «è sotto la mia cura.» «Come si chiama?» «Chi lo sa? Si fa passare per signora Conti, ma pronunzia questo nome come se fosse turco.» «Anche quella di La Ferlita nascondeva il suo vero nome sotto uno pseudonimo.» «Credo dev'esser stata infatti una bella donna; ha ancora dei begli occhi.» «E nessuna speranza?» «Quel che si dice nessuna; siamo al terzo grado, anzi alla fine del terzo grado; del polmone sinistro non le rimane quanto il pugno di un ragazzo, il destro è andato del tutto. Quando faccio la mia auscultazione medica le bollicelle scoppiano come un fuoco d'artifizio. Tutta la mia scienza non potrà giovare che a vincere la morte per due settimane o tre. Non capisco perché i medici di laggiù mandino qui i loro malati quando sono a questo estremo. Figuratevi un viaggio così lungo fatto in quello stato! È vero che non ripartirà più.»

Giorgio era entrato da qualche momento, e ascoltava Rendona con le spalle appoggiate allo stipite dell'uscio, senza dire una parola. Quando il dottore ebbe finita la sua narrazione fatta con l'indifferenza di un uomo abituato a parlare di queste cose, ma che nondimeno avea gettato un'ombra sulla gaiezza un po' turbolenta della comitiva, successe un istante di silenzio. La Ferlita si passò a più riprese la mano sulla fronte, e cercò di ravvivare la conversazione egli stesso. Parecchi cominciarono a cavare gli orologi e ad andarsene. Mentre il padrone di casa distribuiva strette di mano a dritta e a sinistra, disse al dottore: «Fermati ancora, Rendona, sembrami che Erminia abbia un po' di febbre.» Crespi, ch'era rimasto l'ultimo, uscì sogghignando. Mentre Giorgio mi stringeva la mano mi fermò un istante, guardandomi in viso quasi volesse dirmi qualche cosa, ma non aprì bocca, poi mi serrò la mano due o tre volte con forza, dicendomi: «A rivederci, e presto, non è vero?»

Rendona mi raggiunse sulle scale, poiché solevamo fare la strada insieme. «Ha un po' di febbre, è vero,» mi disse «è ancora debole, e tutta questa gente e tutte quelle signore le hanno intronato la testa. Ma che diavolo ha suo marito? Mi ha fatto cento domande sulla mia ammalata di Acireale. Che il diavolo ci abbia messo proprio la coda? Ad ogni modo non ce la metterà per molto tempo.»

IX

Le matrone intime della famiglia se n'erano andate lasciando le ultime raccomandazioni, il va e vieni dello strascico della suocera era cessato, il bambino dormiva nella sua culla azzurra e bianca, la convalescente cominciava ad assopirsi anche lei. Giorgio s'era messo a sedere ai piedi del letto. Quella quiete, quel silenzio, quella luce temperata gli infondevano una gran serenità nell'anima; sembravagli sentirsi penetrare da una pace solenne; quelle pareti, quei mobili noti aveano una fisionomia onesta e sorridente, e nel tempo istesso avevano qualcosa di nuovo, ché quella camera tranquilla sembrava più piena, quella piccola culla azzurra, rannicchiata in un suo canto, riempiva un gran vuoto fra il canapè ed il letto. Nella strada si sentivano ancora i rumori di una città che si addormenta; il trotto rapido delle carrozze che ritornavano alla rimessa, il chiudersi delle ultime finestre e delle ultime porte, il passo affrettato di coloro che ritornavano dal caffè o dal teatro, i discorsi spezzati, e in mezzo a tutti cotesti rumori il respiro della donna un po' irregolare sembrava unirsi al respiro appena sensibile del piccolo essere che le dormiva vicino. Gli occhi di Giorgio andavano dal letto alla culla, vi riposavano volentieri, e da quelle deboli creature che dormivano tranquillamente, fiduciose sotto gli occhi di lui che stava come a vegliarle e proteggerle, venivagli una gran forza, una gran pienezza di vita, che gli faceva sempre più soffice il tappeto sul quale posava i piedi e lo schienale della poltrona al quale appoggiava la testa, gli rendeva più dolce il tepore di quella camera, più blanda la luce della lanterna. Non aveva sonno, quella calma lo riposava dalle tante noie e dalle tante chiacchiere della giornata. Senza sapere di esser felice, godeva istintivamente di paragonare il suo stato presente a quello di coloro fra i suoi amici che sapeva più combattuti dalle angustie e dalle tempeste della vita; passava in rassegna macchinalmente, in quella specie di sonnolenza, i paradossi dei loro discorsi, le contraddizioni delle loro azioni, e d'uno in un altro sfilarono anche le agitazioni del suo spirito, le gioie turbolente e turbate, le febbrili aspirazioni del suo passato, di quel passato di ieri che sembrava già tanto lontano, e che gli infondeva una specie di inquietezza penosa, e si legava sino alle ultime parole dei suoi amici e all'ultimo racconto del suo medico. A poco a poco s'immerse in una meditazione profonda. Erminia dormiva, rivolta verso di lui, bianca e serena, colle trecce nere sul bianco guanciale; di quando in quando sembravagli, per una strana allucinazione, che quel viso fattosi più cereo si profilasse, si incadeverisse, che dei profili secchi, rigidi, vi si disegnassero vagamente, dei profili che egli conosceva, consunti dalle febbri e dalle passioni, e che gli si erano disegnati implacabilmente dinanzi agli occhi, mentre Rendona parlava della sua ammalata all'*Albergo dei Bagni*. Quei capelli neri su quell'altro viso aveano qualcosa di affascinante, di repugnante, di spaventoso. Egli s'alzò per andare a baciare in fronte la sua Erminia e per curvarsi sulla culla del figlio. La creaturina stava raggomitolata in mezzo ad un pugno di batista e di trine, avea i labbruzzi semiaperti e i pugni chiusi sul petto; la madre dormiva serena e sorridente come se lo vedesse ancora. Egli volse intorno uno sguardo che sembrava distratto, lo riposò sulle pareti e sui mobili; poi si mise a baciare con una certa vivacità il bambino, che si svegliò strillando.

X

Erano passate due settimane; la primavera era alquanto inoltrata, e la signora Erminia, cui rifioriva nuovamente la salute sulle guance, cominciava a ricevere e ad uscire in carrozza nelle ore più calde del giorno; ella era felicissima, si baloccava da mane a sera col suo bimbo, anzi erano in due a baloccarsi, sebbene Giorgio credesse farlo per compiacenza e ci mettesse una goffa serietà, ed Erminia pretendeva che già il bambino conoscesse il babbo alla voce ed al riso. La mamma Ruscaglia era sempre per casa, contenta come una pasqua del bel maschietto che veniva in linea più o meno retta da lei, e un mattino entrò con un viso misterioso a dire alla figliuola: «Indovina chi è arrivato? tuo cugino Carlo, in permesso per due mesi. Se vedessi che bel giovanotto, e come gli va bene la montura. È stato a Lissa, povero ragazzo, è stato di quelli del *Re d'Italia*, e fu pescato dopo quattordici ore ch'era in mare! Insomma, cose da far drizzare i capelli sul capo! Sentirai quando ti racconterà; ora viene dalle Indie, dall'America, che so io; insomma ha girato il mondo, e con tutto ciò non m'ha fatto suggezione; m'è parso di vederlo tal quale è partito pel collegio, e l'ho baciato proprio come un ragazzo. M'ha domandato di te, e m'ha detto che verrà oggi stesso.»

La Ferlita era uscito, e la signora Erminia era sola, cucendo dei nastrini su di una cuffietta del suo bambino. Ascoltava la mamma con tanto d'occhi aperti, e senza sapere ella stessa il perché non poté dire una sola parola, si fece bianca, e posò le mani e la cuffietta sulle ginocchia. La signora Ruscaglia chiacchierava sempre; Erminia pensava vagamente che infine era naturale che Carlo tornasse tosto o tardi, che ella l'aveva sempre preveduto, e che solo il sentirsi annunziare così all'improvviso il suo arrivo le cagionava quella sorpresa. Sua madre dopo aver ciarlato ancora una mezz'ora se ne andò. Erminia rimase un po' turbata dalla visita che aspettava; avrebbe desiderato quasi che non avvenisse, o che almeno ritardasse di qualche giorno; soffriva in anticipazione l'imbarazzo del primo trovarsi insieme col cugino, e delle prime parole; non sapeva se avrebbe dovuto dargli ancora del tu; avrebbe e non avrebbe voluto che suo marito si fosse trovato presente a quell'incontro. Finalmente si udì la famosa scampanellata ed il famoso passo. Carlo era un bel giovinotto, assai bruno, anche per un siciliano, ma di fisionomia simpatica ed aperta; ei le s'avvicinò così rapidamente, le prese le due mani e le scosse a più riprese con tanta cordialità, con tanta franchezza, che l'imbarazzo della cugina non ebbe tempo di manifestarsi, e svanì istantaneamente. Carlo sedette accanto a lei su di una sedia bassa, abbordò da buon marino la spinosa difficoltà del tu, e si misero a discorrere come se la loro conversazione fosse stata interrotta soltanto dal giorno innanzi. Ella respirava liberamente e gli sorrideva quasi per ringraziarlo del gran peso che le toglieva dal petto. «Sai,» le diceva il cugino; «mi facevi un po' soggezione prima di rivederti; adesso sei una matrona, hai dei figli! È bello il tuo bambino? Se non fosse stata la zia avrei rimandata la mia visita a domani, come un poltrone che piglia tempo. Appena t'ho vista m'è sembrato che ti avessi lasciata ieri, in quella piccola anticamera gialla, ti rammenti? e ti ho dato subito del tu come allora, perché ti ho trovata sempre la stessa... cioè no, adesso ti sei fatta più bella. E il tuo bambino, me lo fai vedere?»

«Sì, anzi, desinerai con noi; ti presenterò a mio marito.»

«Lasciamolo là il marito, è sempre una bestia antipatica. Ti pare che potrei darti del tu se egli fosse presente? e che saresti per me la stessa cugina d'allora? Quel signore che non mi conosce mi farebbe gli occhiacci, e francamente io lo troverei brutto perché mi ha rubato la mia Erminia; ché noi dovevamo essere marito e moglie, non è vero? Già dico così per ridere; eravamo proprio ragazzi! E abbiamo fatto benissimo a fare quello che abbiamo fatto tutt'e due; è passato tanto tempo! Tu eri una ricca signorina, ed io non avevo in prospettiva che i galloni di tenente, magri galloni, cugina mia! e nella mia carriera bisogna scacciare come il diavolo la tentazione del matrimonio. Se sapessi che bella e avventurosa vita, cara Erminia! e su quanti luoghi del mondo tuo cugino si è rammentato di te! Ti racconterò poi tutto quel che ho visto, qualche giorno... ne ho visto delle belle e delle brutte; ma sai, quando si hanno i primi galloni alle maniche anche le cose brutte sembrano belle. Li racconterò a te e a tuo marito, giacché infine mi presenterai a tuo marito; sarebbe strano che non mi presentassi a tuo marito. E tu come stai? sei contenta? sei felice? Adesso, vedi, non posso adattarmi a chiamarti con quell'altro nome... madama La Ferlita... No!»

«Ora ti farò vedere il mio Giannino», disse Erminia suonando il campanello.

«C'è tempo, perché starò qui due mesi, e verrò a trovarti tutti i giorni. Me lo permetti?»

«Anzi!» La balia entrava col bambino. «Che te ne sembra? Non è bello come un amore?» Domandò Erminia appena la nutrice fu uscita.

«Somiglia a suo padre.»

«Ma se non lo conosci!»

«Allora non somiglia né a te né a lui.»

«Il poverino non sta bene da due giorni! è un po' pallido, non ti sembra?»

«Come vuoi che sia bello o no a quell'età? Tuo marito è un bell'uomo?»

«Lo vedrai.»

«Gli vuoi bene? Già, guarda che sciocco! come si fanno queste domande? È geloso?»

«Niente affatto.»

«Manco male. Ma sai che col tuo bamboccio in grembo mi fai un effetto singolare!»

«Signor tenente, lei è pregato di non chiamare bamboccio il mio Giannino.»

«Scusami! Cosa vuoi? non so abituarmi all'idea di vederti mamma e La Ferlita. Se tu avessi avuto quindici o venti anni di meno, o se io fossi stato contrammiraglio!... Ti rammenti di quel tavolinetto presso il quale tu solevi ricamare? Infine quel che è stato è stato, e non gliene voglio a cotesto signor La Ferlita, a patto che ti renda felice. Non ti dirò che quando la zia mi ha scritto del tuo matrimonio, non m'abbia sentito qualcosa qui. Già, sai come siamo noialtri giovanotti della marina! un po' del collegio c'è sempre a bordo, e i lunghi quarti passati a guardare le stelle danno delle grandi malinconie. Non ti dico che tutti gli ufficiali si somiglino... quelli di cavalleria per esempio! altro che fanciulli! Se tu li avessi sentiti al *Caffè d'Europa* o alla *Concordia*! Se io fossi in cavalleria forse l'avrei presa per un altro verso, e adesso invece di avermela con tuo marito cercherei di farti la corte.»

«Carlo!...»

«O perché diventi rossa? Vedi che non te la faccio la corte, e che preferisco essere il tuo buon cugino di una volta, meno i castelli in aria. E poi, starò qui così poco che non abbiamo il tempo d'andare in collera.» - Erminia gli stese la mano con un sorriso, mormorando fra le labbra «Matto!» ma il rossore tardò alquanto a dileguarsi dalle sue guance.

In questo momento entrò un signore biondo, senza farsi annunziare. «Mio cugino Carlo», disse Erminia. «Mio marito.»

Giorgio accolse il cugino a braccia aperte e lo invitò a desinare. Carlo si scusò col pretesto di un pranzo di amici. Parlarono di viaggi e di cose diverse, e quindi La Ferlita li lasciò soli.

«Tuo marito non mi piace», disse il cugino accomiatandosi.

«Cosa gli trovi?»

«Nulla, è un bellissimo giovine, ma non mi piace.»

«Insomma a te non piace né mio marito né il mio Giannino. Cosa ti piace dunque?»

«Ma chi ti ha detto che non mi piaccia il tuo Giannino? e anche tuo marito... Anzi, se non fosse tuo marito mi sarebbe simpatico. Vuoi che te lo dica? mentre egli era qui sembrava che tu fossi a cento miglia... Non ti sei accorta che bordeggiavam sempre per non approdare al tu... Mi secca, ecco!»

Rimasta sola, Erminia stette alquanto pensierosa, col bimbo sulle ginocchia. Da lì a poco Giannino si mise a sgambettare e ad agitare le piccole braccia. Ella si scosse come se il suo pensiero, partito dall'anticameretta gialla che il cugino aveale rammentato, ritornasse ad un tratto da un lungo viaggio fatto nelle lontane regioni di cui Carlo avea parlato con suo marito, e tutta rossa in viso si chinò sul suo bambino, a ridere ed a giuocare con lui.

Il cugino venne tutti i giorni come avea promesso; ma ora la sua venuta non produceva più sull'Erminia l'imbarazzo della prima volta, e non le lasciava quell'inesplicabile turbamento che le avea lasciato la prima visita. Adesso si davano del tu anche in presenza di Giorgio. Avevano rivisto insieme quell'anticameretta gialla, che non sembrava più quella neppur essa, dopo tanto tempo; Carlo aveva finito per trovare bellino il bamboccio di prima, e veniva sempre con le tasche piene di confetti e di giocattoli che avrebbero potuto servire al più presto fra due o tre anni. La zia Ruscaglia era sempre in giro col suo nipote ufficiale, di cui era superba, e raccontava a tutti la storia delle quattordici ore passate in mare, e dei viaggi che non finivano più. Quindi per un motivo o per l'altro, i due cugini si vedevano tutti i giorni - ne avevano così poco da stare insieme! Però con tacito accordo non avevano più tornati sui «ti rammenti», dopo che una volta Erminia, seria seria e chinando gli occhi, avea risposto a lui che le parlava d'un certo volume del Prati: «Non mi rammento più. Adesso ho da pensare a mio figlio, e non leggo che di rado.»

Carlo era proprio un buon ragazzo, e avea tutte le giovanili delicatezze dell'alunno di collegio di marina, come avea detto. Ei le strinse la mano, un po' rosso in viso, e da quel giorno non le disse altro. Ma la cugina, che in fondo gli volea sempre bene, gliene fu grata dall'intimo del cuore, e glielo dimostrò tornando ad essere con lui affettuosa e gentile.

Però quello che proprio non andava giù a Carlo era il cugino. «Cosa diavolo ha tuo marito?» domandava ad Erminia. «Sembra che abbia perso la bussola!»

XI

Ecco cosa avea il marito:

Rendona m'avea detto: «Che va a fare La Ferlita ad Acireale? L'ho incontrato due volte alla stazione.»

«Sarà andato a Giarre; uno dei poderi di sua moglie è in quelle vicinanze.»

Giorgio, dopo quella stretta di mano singolarmente espressiva, che mi avea dato la sera in cui il dottore avea raccontato la storia della sua ammalata dell'*Albergo dei Bagni*, non mi avea detto più nulla, anzi avea evitato le più lontane allusioni a quella circostanza; nei rarissimi momenti in cui lo sorprendevo sovrappensieri si affrettava a intavolare un discorso qualsiasi, quasi avesse letto una indiscreta interrogazione ne' miei occhi. Del resto, meno quelle passeggere preoccupazioni, non si curava d'altro che della moglie e del figlio, il quale avea una salute cagionevole, e sembrava che tutto il suo mondo stesse in quelle due creature.

«La mia ammalata deve essere matta da legare», mi disse un giorno Rendona alla stazione di Acireale, dove andavo pei bagni. «Ha saputo che al Comunale vi sarà una rappresentazione straordinaria e vuole assistervi. Figurati, in quello stato! Io me ne son lavate le mani. È affare che riguarda il capo-stazione, e c'è caso che nella mezz'ora di viaggio abbia a finire in vagone.»

La sera di quella rappresentazione anch'io ero a Catania, e vedendo in teatro La Ferlita colla moglie ero andato nel loro palchetto. Avevo sempre prestato un'attenzione assai mediocre alla storia della russa ch'era inferma all'*Albergo dei Bagni*, poiché alloggiando nello stesso albergo non l'avevo mai vista, né avevo udito parlare di lei, e avevo dimenticato persino quel che ne aveva detto Rendona, allorché un improvviso movimento e il subitaneo pallore di cui si coperse La Ferlita mentre stava discorrendo, me ne fecero risovvenire di botto.

Il teatro era mezzo vuoto, e si vedevano pochissimi visi nuovi; ma verso la metà dello spettacolo si era aperto l'uscio di un palchetto in terza fila, di fronte a quello dove eravamo, e vi si era visto un po' di movimento in fondo; però nessuno era venuto a mettersi sul davanti; e il palchetto sembrava vuoto come prima. Nondimeno gli sguardi di Giorgio vi correvano sempre, anzi vi si sprofondavano con tale ansietà paurosa, che seguendoli vidi anch'io che c'era qualcheduno. Scorgevasi in fondo e nell'ombra qualcosa di bianco, delle forme indistinte che stavano immobili. Io ci rivolsi il cannocchiale un istante, e vidi chiaramente un pallido viso di donna, così scarno che il profilo sembrava scolpito nettamente dall'ombra, e che gli occhi sembravano nerissimi, enormi, luccicanti come fossero fosforescenti. Quegli occhi ardenti stavano rivolti verso di noi con una tenacità singolare. Giorgio era in preda ad una sorda agitazione; parlava con vivacità delle cose più disparate, e due o tre volte avea preso il suo cappello e l'avea posato con dei movimenti nervosi. Ad un tratto la figura che stava nell'ombra si alzò, e venne a sedere un momento sul davanti; era tutta vestita di trine e di raso bianco, senza un gioiello, coi folti capelli biondi annodati mollemente un po' bassi sulla nuca; avea dei guanti lunghi sino quasi al gomito, e attraverso la trasparenza del merletto si vedevano gli omeri scarni, il petto incavato, le braccia su cui i guanti s'increspavano; sotto la polvere di riso si indovinava il pallore cadaverico; ma nondimeno quel viso consunto, quelle labbra smorte, quell'occhio arso dalla febbre avevano un fascino irresistibile. Ella alzò il suo binoculo e lo puntò su di noi. Tre o quattro cannocchiali si erano rivolti verso quella strana figura che sembrava sorgere improvvisamente dall'ombra. La signora La Ferlita discorreva sempre gaiamente, e ad un tratto, ad un movimento del marito, alzò gli occhi anche lei. Giorgio senza finire quel che stava dicendo balbettò che andava a far delle visite ed uscì. L'incognita si ritrasse nel fondo del suo palchetto, né più si vide. Di tanto in tanto si udiva lassù, in terza fila, uno scoppio di tosse soffocata.

La signora Erminia non mi avea domandato chi fosse quella sconosciuta la quale per un istante avea attirato la curiosità di una metà degli spettatori, né io avrei saputo dirglielo; ma era tornata a casa taciturna, e sembrava meno allegra di prima. Mi disse per altro essere in pensiero pel suo Giannino che da qualche giorno stava maluccio. Giorgio stette un'ora presso la culla a tempestare Rendona di domande, di dubbi e di timori esagerati, e passò il rimanente della sera colla moglie, più affettuoso che mai e quasi riconoscente. Malgrado di tutto ciò si tradiva in lui un certo sforzo, come se volesse vincere una inesplicabile irrequietezza; sembrava in certi momenti che temesse qualche cosa.

Io ero ritornato ai miei bagni. Una volta mi era sembrato d'incontrare nel piccolo giardino dell'albergo quella stessa donna che mi avea fatto sì strana impressione al teatro; era la medesima figura estenuata e triste, in cui la fierezza e un certo che di vivo e di ardente, sembravano ribellarsi ancora; andava lenta, stanca, appoggiandosi al braccio di qualcuno - un signore alto e biondo - e mi fissò in volto quei medesimi occhioni divoranti e accerchiati di un solco bruno.

Il giorno stesso vennero a dirmi che la signora che occupava il grande appartamento del primo piano desiderava parlarmi. Non conoscevo la signora del primo piano, non mi aspettavo quell'ambasciata fatta in modo singolare, ma non fui incerto un istante sul chi ella fosse, e di chi avesse a parlarmi. Scendendo al primo piano sentivo un presentimento doloroso che mi stringeva il cuore.

Allorché entrai stava presso la finestra; quantunque fosse la metà di maggio, avea fatto accendere un gran fuoco. Il sole era tramontato e nella stanza regnava la luce incerta di quell'ora, sebbene anche le due lanterne fossero accese. Dalla finestra si vedevano alcuni fiocchetti di nuvole rade, ancora leggermente illuminate sul cielo più scuro, che andavansi sfilacciando qua e là. Il viso della donna rimaneva al buio, sprofondata com'era in una gran sedia a bracciuoli. Era vestita di nero; avea una treccia bionda, allentata e quasi disciolta, che serpeggiava sulla spalliera e le mani dimagrate e bianche scintillavano di gemme. I suoi occhioni grigi, profondamente infossati, sembravano ardere e consumarsi, le labbra pallide e chiuse avevano una piega dolorosa. La morte avea lambito colla sua ruvida lingua quel viso trafelato, così bianco come se non vi scorresse più una sola goccia di sangue, e vi avea lasciato delle sfumature livide. Non la dimenticherò mai più.

Ella inchinò il capo con un triste sorriso, e mi fé cenno colla mano di mettermi a sedere.

Taceva, come dovesse superare uno sforzo, o ricordarsi di quel che voleva dirmi; c'era ancora qualcosa che non era vinta e che si ribellava in lei; la fronte altera di quella tigre ferita a morte avea un'aria di maestà.

«Ella sarà sorpresa del mio invito,» mi disse lentamente, «ma io la conosco da un pezzo, e non ho tempo di aspettare una presentazione. Ella è amico del signor La Ferlita... l'ho visto spesso con lui a Firenze, allorché egli ebbe un duello... si rammenta?... ed anche qui vicino, a Catania... li ho visti insieme.»

Chiuse gli occhi un momento, o almeno mi parve, ché così com'era situata il suo viso non si distingueva chiaramente. Dopo due o tre secondi di silenzio riprese con un accento che mi parve più profondo.

«Adesso anche lei sa chi sono io... Giorgio le avrà parlato di me.» Costei abbordava il punto spinoso della nostra conversazione con tale altera e disinvolta franchezza che di noi due io ero al certo più imbarazzato di lei. Mi porse la mano secca, arida, arsa. «Ora spero che mi perdonerà il disturbo che le ho dato», aggiunse con una voce che mi penetrò sino all'anima; sentivo confusamente quel che avrebbe dovuto esserci nel cuore di Giorgio se egli si fosse trovato al mio posto. Ella dopo un altro silenzio, forse dopo aver superato un'ultima esitazione:

«Il signor La Ferlita è ammogliato?» mi domandò.

«Sì.»

«È felice?»

«Lo credo.»

Ammutolì e reclinò la fronte sulla mano. Che cosa sarà stato in quell'anima? Quando rialzò il capo il suo profilo sembrava essersi pietrificato; il naso e la fronte spiccavano nell'ombra con linee secche ed angolose, ma era perfettamente rassegnata o impassibile.

«Grazie, signore», mi disse. «Un'ultima preghiera... non gli dica nulla di questa mia fantasia da inferma, non gli dica nemmeno di avermi vista.»

Mi accomiatò con un'ultima stretta di mano, e rimase immobile e calma. Soltanto allorché fui sull'uscio, voltandomi verso di lei, la vidi che si teneva il fazzoletto sul viso.

XII

La Ferlita in quel tempo avea, senza dubbio, «il diavolo» che gli avea scoperto il cugino Carlo. Fosse la salute malsana del suo bambino, fosse altro motivo, era evidente che faceva grandi sforzi per dissimulare una insolita agitazione, colmava di carezze il bimbo, ed era pieno di attenzioni e di premure per la moglie; ma in modo singolare, con una certa inquietudine, come se volesse farsi perdonare qualche torto, come avesse qualcosa che lo pungesse, o come se temesse di perdere madre e figlio. Ne' suoi mille progetti d'andare a passare l'estate in campagna, di cominciare grandi lavori nelle sue terre, di andare ai bagni di Alì, c'era dell'irrequietezza. Gli rincresceva moltissimo che lo stato del bimbo non gli permettesse di mettere in esecuzione su due piedi l'idea fissa che faceva capolino sotto tutte le forme, quella di lasciare la città.

Un giorno ch'ero andato a fargli visita, mi domandò: «Tu che sei all'*Albergo dei Bagni*... ci sono molti forestieri?»

«Pochi, per la stagione che corre.»

Egli mi fissò, e non aggiunse altro. Un'altra volta domandò a Rendona: «E la tua ammalata? come sta?»

«Come quelli che se ne vanno.»

«Dev'essere assai triste morire così sola in paese lontano!» aggiunse dopo alcuni istanti di silenzio.

«È giunto suo marito.»

«Poveretta! chissà dove correrà il suo pensiero! chissà quanto avrà sofferto per arrivare a tal punto! chissà quale passione l'avrà uccisa!»

«Oh la passione! di passione non si muore, mio caro, quando non è accompagnata dalla tubercolosi o dal tifo.»

«Tu parli da medico!» rispose Giorgio con un certo sorriso.

«Non sono medico soltanto, e ho avuto anch'io i miei amoretti grandi e piccini. Ho pianto, in quel beato tempo che avevo più arrendevole la glandula lacrimale, e mi sono strappato i capelli, quando ne avevo molti; ma vedi, non sono morto, e sto benissimo.»

«Si vede! Anzi hai messo pancia. Però ti calunnii alquanto, mio povero dottore; avrai avuto degli amoretti, ti sarai strappato i capelli, conosci le trentanove maniere in cui un galantuomo se ne può andare all'altro mondo, ma ignori completamente quel che sia una passione... e meglio per te! Potresti vincere la morte, tu che hai tanto studiato? sai che ci sia un rimedio contro la tisi? Quando si è colpiti di quel male, che si chiama una passione, vedi... è una disgrazia, è una fatalità... ma è inutile lottare, e bisogna subirla fino all'ultimo.»

«Se fosse così, sarebbe meglio mandare pel prete alla prima febbre - e in buona coscienza io credo di fare il mio dovere lottando colla malattia della mia russa, quantunque non abbia la menoma speranza.»

«Bravo, dottore!» disse facendosi un po' rossa la signora Erminia, la quale sino allora non avea ardito prender parte alla conversazione. «Mi pare che sia proprio così! Molti mali ci vengono addosso appunto per la paura che ne abbiamo, e ci vincono più facilmente allorché ci lasciamo sopraffare senza combatterli... certe cose bisogna guardarle coraggiosamente in faccia per vedere quali sono... e alla fine forse non ci è nulla di irresistibile, né di fatale.»

La Ferlita ascoltava la moglie sorridendo con una specie di tenera compiacenza, di rispetto e d'indulgente compatimento. «Mia cara Erminia,» le disse poscia accarezzandola con la voce, «come vuoi parlare tu di cotesti mali e del modo di vincerli!... Tu sei una bambina, tu! la sorella maggiore del nostro Giannino!...»

Uno o due giorni dopo La Ferlita ricevette una lettera col bollo di Acireale. Prima di aprirla le mani gli tremavano; poi entrò nella camera dove erano la moglie e il bambino infermo per dire che un affare urgente lo chiamava la sera stessa a Giarre. Io mi trovavo presente, insieme a Rendona, e mi parve scorgere in Giorgio una singolare agitazione. Anche la moglie se n'era accorta di sicuro, poiché lo fissava con un'aria mal dissimulata di sorpresa, mentre metteva innanzi mille pretesti per fargli differire quella gita. Il bambino infatti, sebbene non destasse serie inquietudini, avea peggiorato. «Andrai domani,» gli diceva Erminia, «infine a Giarre non può essere avvenuto nulla di così urgente. Domani il nostro Giannino starà meglio, e tu partirai più tranquillo.»

«Come hai trovato mio figlio?» domandò Giorgio a Rendona, sempre con quel turbamento inesplicabile nella voce, in tutta la persona.

«Come stamane. La sera poi di solito la febbre si fa più gagliarda.»

«Bisogna assolutamente che io vada a Giarre stasera... se credi che lo stato del mio Giannino non me lo permetta, dimmelo...»

«No... non ho detto questo...»

«Allora a rivederci, Erminia; sarò di ritorno col primo treno di domani. Vedi che il nostro Rendona è tranquillo?»

La moglie non rispose, lo accompagnò sino all'uscio, e ritornò a mettersi accanto alla culla, tenendo gli occhi fissi sul bimbo. Uscendo con me, Rendona mi disse:

«Che maniera singolare di farmi siffatte domande in presenza della moglie! Un po' inquieto lo sono, è vero; ma avrebbe fatto meglio ad indovinarlo, anziché costringermi a spaventare quella povera donna.»

Siccome ritornavo ad Acireale, incontrai La Ferlita alla stazione al momento di partire. Era solo, senza bagaglio, e parve sorpreso vedendomi, come se non sapesse che quasi tutti i giorni facevo quel va e vieni; egli prese un biglietto per Giarre; c'era uno scompartimento vuoto e l'occupammo noi due. Giorgio parlava poco, e stette col capo allo sportello dalla parte del mare per quasi tutto il tempo del brevissimo viaggio. Alla stazione di Aci-Castello credeva fossimo diggià arrivati, e quando il treno si rimise di nuovo in movimento appoggiò i gomiti alle ginocchia e il capo fra le mani. Prima ancora di giungere ad Acireale, mentre il convoglio fischiava e andava balzelloni rallentando la corsa, egli era alzato e s'era messo ritto dinanzi allo sportello che guardava dal lato opposto all'albergo dei Bagni, appoggiandosi alla manopola. Non si mosse, più, e tutto il tempo che il treno stette fermo, non disse una parola. Gli domandai prima di lasciarlo se avremmo fatto il ritorno insieme col treno dell'indomani; ma rispose che non lo sapeva di sicuro, e che forse sarebbe tornato a Catania in carrozza. Lo sportello si chiuse, e mentre il convoglio ripartiva, non si affacciò nemmeno per vedere la gente che usciva dalla stazione.

All'albergo si passava la sera leggicchiando, pestando sul piano, o fumando e passeggiando in giardino. Verso le undici si udì arrivare una carrozza dalla parte di Giarre; io stavo per salire in camera mia quando m'imbattei faccia a faccia con La Ferlita.

Giorgio si arrestò bruscamente, poi mi venne incontro risolutamente e mi strinse la mano con forza. «Infine,» mormorò, «dovea essere così! Andiamo in sala, in giardino, in camera tua, dove vuoi. Avrai tutto compreso...»

Io avevo compreso perfettamente e lo condussi in giardino; la sera era mite, ma importuni non ce n'erano a quell'ora. Mentre cercavamo un banco, al buio, egli mi disse con voce sorda:

«Soprattutto... non mi far della morale; sai che è inutile.»

«Io non te ne ho mai fatta, caro Giorgio; da dove diavolo ti è venuta questa idea...»

«M'è venuta... che avrei dovuto evitarti, e incontrandoti mi son vergognato di me.»

Alcune finestre dell'albergo disegnavano qua e là sulla facciata bruna dei quadranti luminosi. Giorgio, ritto dinanzi a me, sembrava interrogarle tutte collo sguardo.

«Dov'è?» mi domandò alfine, come se avessimo già parlato di qualcheduno. «Faccio male, lo so! Hai visto come mi guardava quella povera Erminia? Sembrava che mi leggesse in cuore. E il mio Giannino?... chissà come starà a quest'ora?... Hanno un bel dire... In questo momento se alcuno mi bruciasse le cervella mi farebbe un gran bene... Ma sento che è più forte di me... quella poveretta si muore... sai... L'ho sempre dinanzi agli occhi, e se oggi fossi stato costretto a non poter venire qui mi pare che la testa mi sarebbe scoppiata!...»

Egli andava su e giù pel viale; strappava le foglie degli arbusti che masticava con una specie di rabbia. Ad un tratto lo vidi che si celava il viso fra le mani, e scoppiò in singhiozzi senza poter proferire una sola parola.

Quell'uomo che si accasciava sotto il dolore faceva pietà; Giorgio, di solito così fatuo, così spensierato, si contorceva per nascondermi le sue lagrime e la sua debolezza. Tentai prendergli una mano; egli mi respinse dolcemente e continuò a piangere.

«Se tu sapessi quanto costino certe gioie fatali!» mi disse alfine con un accento che penetrava l'anima «e quanto si soffra a esser così miserabile!»

«Giorgio!»

«Lo so che sono un miserabile! Ho ingannato quella povera Erminia, ho lasciato mio figlio quando sarebbe stato mio dovere di assisterlo, ho lasciato la mia casa, la mia felicità... il cuore mi si spezzava a lasciarli... e son partito!»

«Perché sei partito dunque?»

«Perché» e mi piantò in viso uno sguardo da insensato «perché bisognava... perché ella mi ha scritto.»

«E la tua visita a che le gioverà?»

«Non lo so! a nulla! Bisognava andare.»

«Hai provato a pensare il contrario, ad affermarti nell'idea che non avresti dovuto andare... né per te, né per lei?»

Egli rispondeva come fosse fuori di sé.

«Provare? a che provare? Se è più forte di me, ti dico!... Si, le conosco tutte le vostre ragioni, le vostre convenzioni, i vostri doveri!... lo so, sono uno sciagurato!... ed eccomi qui come un dannato!»

Rimase così qualche tempo, col viso fra le mani, poscia si scosse, udendo suonare la mezzanotte, e con accento risoluto:

«Addio!» mi disse. «Bisogna che vada. Lasciami andare.»

XIII

I lumi erano spenti quasi tutti nel corridoio che metteva alle stanze di Nata; l'uscio era socchiuso; Giorgio aprì esitando e vide la camera debolmente illuminata. Ella era ritta accanto al seggiolone, vestita di bianco, immobile, rivolta verso l'uscio. Gli andò rapidamente incontro, strisciando sul tappeto come un fantasma, più bianca della veste che indossava, colle braccia tese e gli occhi ardenti, e l'avvinse in un abbraccio da lupa.

Non diceva nulla. Lo teneva sempre così, sul suo petto. Di tratto in tratto gli afferrava il capo, lo scostava per fissargli uno sguardo felino negli occhi senza dire una parola, e tornava a stringerselo al seno con impeto.

Per caso si udì un lieve rumore dietro l'uscio: ella si volse come una fiera:

«Chiudi!» fu la sola parola che gli disse, con voce che lo fece trasalire.

«Chi può essere di là»

«Mio marito. Ma non ci abbadare. Tu avrai il tuo revolver... se la fatalità lo spinge sin qui, lo uccido.»

E senza curarsi dell'impressione che quelle parole potevano fare su di lui, si rimise a fissarlo con occhi insaziati.

«Ti aspettavo!» gli disse poscia sordamente.

Ei la baciava: le labbra di lei rimanevano immobili.

«Hai preso moglie?» domandò alfine.

Ma non gli diede tempo di rispondere: gli si avventò al collo con un che di selvaggio:

«Qui! Dammi la tua fronte!... e le tue labbra! Qui...»

Ad un tratto si irrigidì, e gli si abbandonò nelle braccia; Giorgio la trascinava verso la poltrona.

«Non è nulla!» balbettava ella col capo arrovesciato all'indietro «non aver paura. Dammi quella boccetta... lì...»

Come l'ebbe sturata, si sentì al forte odore che dovea essere un cordiale efficacissimo. Nata comprese la titubanza di lui, gli sorrise tristamente, e togliendogliela di mano ripetè con impazienza:

«Non aver paura, non potrà farmi un gran male; e adesso ne ho bisogno!»

Appena ebbe bevute due o tre goccie che avea versato in un cucchiaino, le gote le arsero di una fiamma improvvisa, e si mise a ridere in modo che stringeva il cuore. «Come fa bene! mi sembra che mi abbia messo del fuoco... qui.»

Giorgio stava a guardarla con occhi aridi, senza poter trovare una parola né una lagrima; si sentiva soffocare da un cumulo di sentimenti, d'affetti e d'angoscie diverse. Ella, con triste civetteria da inferma s'era abbigliata con cura; aveva annodato i suoi capelli in due grosse trecce, avea delle trine preziose sul petto roso dalla tisi. - Egli la vedeva sempre in fondo a quel palchetto della Pergola, e nei viali del giardinetto in via Principe Amedeo, leggiadra e sarcastica.

«A che pensi? Non voglio che pensi a tua moglie», gli disse ella con collera.

Giorgio sprofondò il capo nelle spalle.

«L'ami cotesta donna? No, non mi rispondere», aggiunse vivamente mettendogli una mano sulla bocca. «L'ho vista al teatro... è bella!»

Chiuse gli occhi e due lagrime scesero per le sue guance lentamente, cadendo a piccole scosse. Successe un lugubre silenzio in quel colloquio d'amanti. A un tratto Nata spalancando gli occhi e fissandoli sbarrati in quelli di lui:

«Perché mi guardi così? Son diventata brutta? Ho ancora i capelli molto belli, guarda! snodali... Non aver paura di me, non morrò ancora! E poi, t'amo tanto!»

In così dire brancicando gli si avviticchiava al collo, e gli appoggiava la testa in seno con una specie di voluttà disperata.

Tutt'a un tratto gli mise le mani sul petto, scostandolo con una forza che Giorgio non avrebbe supposto in lei, e con gli occhi ardenti e fisi su di lui.

«Dimmi che non ami questa donna! dimmi che non l'ami!»

Giorgio chinò gli occhi.

«Dimmi che non l'hai amata, che ami me sola. Dimmelo!»

Ei mentì, senza saper di mentire, e senza vergogna di mentire. Allora ella seguitò a fisarlo in quel modo, e dopo alcuni secondi di quel silenzio, con un accento intraducibile:

«Hai un figlio di costei?»

Giorgio taceva umiliato; ma Nata all'improvviso attirò bruscamente il capo di lui sul suo grembo, vi appoggiò il suo e cominciò a piangere.

«Non piangere!» esclamò Giorgio che si sentiva spezzare il cuore.

«Non piangerò più... no, non piangerò più...» le lagrime le si asciugarono nell'occhio febbrile e corrucciato. «Ho il diritto ad essere felice anch'io... Che m'importa di costei!... dille che ti ho amato prima di lei... dille che morrò presto... dille... Non ho avuto la forza di morire senza vederti... Quando ti scrivevo così... non credevo che dovessi morire così presto... non sapevo cosa fosse sentire la vita che fugge... non mi sentivo il cuore così pieno... Se sapessi com'è triste il morire! e morir sola, in un albergo! Mio marito è venuto adesso, all'ultimo momento... gli ha scritto i medico... così è sicuro di non mancare al suo dovere laggiù... per più di un mese... e ha messo in salvo il dovere e la convenienza... Cosa vuoi che me ne faccia di quest'uomo? cos'è per me? Ti ho fatto ribrezzo quando ho detto che se in questo momento fosse venuto a mettersi fra di noi sarebbe stata una fatalità!... Cos'è tutto il mondo adesso che sto per lasciarlo?... Cosa ho da temere dippiù? Cosa devo aspettarmi? Non ho che te, e ti voglio! intendi? a dispetto di tua moglie, a dispetto di tuo figlio, a dispetto di tutti!...»

Parlava con voce sorda e brusca, risolutamente, e con un che di fosco e di fatale. Egli avea i capelli irti, molli di sudore, l'abbracciava con una frenesia spaventosa, quasi fosse in preda a un delirio; sembravagli che quelle ossa che si avviticchiavano a lui scricchiolassero; l'ebbrezza del suo amore era mostruosa, quasi la dividesse con un cadavere; l'immagine di sua moglie, di suo figlio infermo, della sua dimora tranquilla, della sua felicità domestica, mischiavasi a quel fantasma della donna che avea tanto amato in un orribile e doloroso incubo. Ella irrigidita, quasi svenuta, metteva dei piccoli gridi selvaggi, e difendeva i veli del suo petto con pudore d'inferma. Ad un tratto si mise a stracciarli lei stessa, fuori di sé, poi gli si abbondonò nelle braccia con rigidità catalettica, balbettando, singhiozzando, annaspando colle mani verso il letto. Egli ve l'adagiò, colle vesti disfatte, i capelli sparsi, stecchita come un cadavere.

Delle lagrime le scorrevano lente lente per le guance; avea gli occhi chiusi, e le labbra contratte da una convulsione dei muscoli del viso scoprivano la doppia fila dei suoi denti lucidi ancora come perle.

Mentre sembrava che dormisse, spalancò gli occhi all'improvviso, guardandolo sbigottita, come delirante, e lo respinse con impeto.

«No! quella donna... quella donna ch'è sempre lì, fra di noi!... No! no!»

Da quel momento si mise a vaneggiare per quasi mezz'ora; infine si assopì penosamente. Giorgio udiva il suo respiro sibilante, la sentiva trasalire fra le sue braccia; di tanto in tanto ella si scuoteva con un gran sussulto e gli fissava in volto dei grandi occhi sbarrati senza vederlo; dormiva colla testa arrovesciata all'indietro; il naso sembrava acuto e sottile; gli occhi erano incavernati; due grandi sfumature livide solcavano le gote; i capelli erano sparsi in disordine sul cuscino; la veste bianca la modellava rigidamente, distesa com'era sul letto; attraverso la scollatura semiaperta si vedeva il petto solcato da ombre profonde. Giorgio fissava su di lei che dormiva gli occhi affascinati. Quell'orribile notte d'amore durava eterna.

Finalmente apparvero i primi barlumi del giorno sui quadri che ornavano le pareti e sul bianco cortinaggio; i mobili cominciarono a disegnarsi nettamente in una luce ancora incerta; allora l'inferma si svegliò.

«Ho dormito... mi sento bene!» mormorò, «mi sento proprio bene.»

Cercò brancolando la mano di Giorgio, e si voltò verso di lui. Al chiarore dell'alba il suo viso sembrava ancora più incadaverito.

«È giorno diggià? Come ho dormito a lungo!... Aiutami ad alzarmi, voglio vedere l'alba.»

Ei la sollevò di peso, e tenendosi colle braccia al collo di lui, l'inferma andò sino alla finestra. Tutti nell'albergo dormivano ancora; alcuni impiegati della stazione andavano e venivano fra le rotaie colle lanterne accese: un gallo ritto e pettoruto su di una catasta di regoli, provava il suo mattutino; il cielo era di un azzurro cupo, striato di vapori lattiginosi, e leggermente rosato verso l'oriente; sul mare ancora grigio e fosco si vedeva per l'ampia distesa la lunga fila delle vele dei pescatori.

«Che pace!» mormorò Nata. «Quanta gente felice ci sarà a quest'ora!»

Giorgio rabbrividì.

«Addio!» gli disse ella risolutamente, ma con uno sforzo - avea la voce commossa e gli occhi pieni di lagrime. «Ritornerai stasera?»

«Sì»

«Me lo prometti?»

Gli teneva le mani.

«Sarà per poco ancora!... Vieni... Non ho che te. Sarà per poco ancora!»

Giorgio l'abbracciò col cuore preso come in una morsa, ed ella si lasciò baciare, immobile, colle labbra chiuse e gli occhi fisi.

Egli uscì barcollando.

XIV

Rendona non avea potuto fare la solita visita della sera alla sua ammalata dell'albergo, perché era stata chiamato in tutta fretta a casa La Ferlita. Col cadere del giorno il male del bambino si era aggravato, la febbre erasi fatta violentissima, e la difterite si era presentata improvvisa e minacciosa.

Il bambino era stato messo sul letto, ed Erminia non gli si era tolta d'accanto, spiandone con ansia ed angoscia i più piccoli sintomi sul volto incadaverito, e trasalendo allorché l'udiva strillare in tal maniera e tal voce soffocata che gli occhi e il cuore della povera madre si gonfiavano di lagrime. Sin che il sole avea scintillato sui vetri della finestra l'era parso di sentirselo in cuore a guisa di un raggio di speranza; ma appena le tenebre cominciarono a calare, sembravale che si aggravassero come gramaglie su quel corpicino sofferente e l'illividissero, se le sentiva condensare in petto come un gruppo di lagrime.

Tutti i domestici erano in moto per la casa, ma ella non permetteva che alcuno entrasse. Era sola in quella gran camera piena delle ombre del crepuscolo, accanto a quel poveretto che agitava di tanto in tanto le piccole braccia in cerca d'aiuto; non diceva una parola, le lagrime le scorrevano zitte zitte sul viso, e solo allorché udiva un passo nell'altra stanza volgeva verso l'uscio gli sguardi ansiosi per interrogare la prima impressione del medico che veniva d'ora in ora. I suoi occhi si seccavano, divenivano febbrili ed ardenti; faceva alcune domande al dottore, dicevagli quel che l'era sembrato vedere delle fasi del male con poche parole, brevi e nervose. Verso le nove arrivò il cugino Carlo tutto sottosopra.

«Cos'è stato?» domandò con premura; «i tuoi domestici mi hanno spaventato.»

Ella gli fece cenno di parlar piano, gli strinse la mano forte forte, e scoppiò in pianto. Gli disse fra i singhiozzi e sollevando il velo che copriva Giannino:

«Vedi, poverino!... Vedi come soffre!»

A quelle parole disperate e a quelle lagrime che venivano dal fondo del cuore, anche gli occhi del povero giovane si gonfiarono. Erminia lo guardava piangendo in silenzio, e vedendolo così commosso gli disse sottovoce, ma con accento penetrante:

«Tu gli vuoi bene almeno a quel poverino!... Non te ne andare, non abbiamo che te, lui ed io!...»

In quella entrò il dottore, domandò una candela e si accostò silenziosamente al bimbo; tutti parlavano piano e camminavano in punta di piedi in quella camera triste e scura. La candela faceva un gran cerchio giallo sul capezzale. Nessuno osava fiatare; Rendona finalmente si allontanò dal letto e andò a posare la bugia sul tavolino.

«Non abbiamo peggiorato da un'ora in qua»; rispose lentamente alla febbrile interrogazione degli occhi di Erminia. «La respirazione è ancora abbastanza libera. Bisognerebbe tentare una piccola operazione, e se questa riesce il bambino è salvo.»

«Dolorosa?» domandò la madre rabbrividendo.

«No... non molto.»

La poveretta si celò il viso fra le mani. Il dottore scrisse due righe su di un foglio del suo taccuino, e andò in anticamera per dare degli ordini ai domestici.

«Ma bisognerebbe avvisare tuo marito», esclamò Carlo.

Ella non rispose.

«Ho già telegrafato a Giarre», disse Rendona, cui Carlo ripeté l'osservazione.

«Ma la campagna di Giorgio è lontana più di un'ora e mezzo dal paese! Sarebbe stato meglio mandare un uomo a cavallo per le scorciatoie.»

«Ci ho pensato; forse arriverà prima. Manderemo Giuseppe.»

Erminia colle labbra strette, colle mani giunte, cogli occhi sbarrati e fisi nel vuoto, lasciava dire, non rispondeva nulla, sembrava che un'onda di amarezza le gonfiasse il petto e le vene del collo.

«Andrò io;» soggiunse Carlo, «e farò più presto di tutti.»

«No!» esclamò allora Erminia con voce vibrante, afferrandolo per la mano. «Tu no! Non ci lasciare soli anche tu.»

Finalmente la signora Ruscaglia, la quale avea saputo tardi della piega minacciosa che avea preso il male del nipotino, arrivò anche lei tutta scalmanata. Erminia si lasciò abbracciare e scoppiò di nuovo in singhiozzi nelle braccia della madre.

Tutti piangevano come se il povero Giannino fosse morto. Il solo Rendona andava dicendo:

«Coraggio, coraggio, signori miei! finalmente non siamo a questo estremo!... Abbiamo delle speranze, vi dico!»

Alle parole del dottore succedeva un silenzio penoso. La signora Roncaglia piagnucolava in un canto del canapè per conto suo; il medico passeggiava lentamente per la stanza; Erminia, seduta ai piedi del letto, covando cogli occhi il bambino, non si muoveva; Carlo le stava vicino, all'impiedi, appoggiandosi alla colonna del letto, senza muoversi e senza fiatare anche lui. Si udiva nella strada il gran brulichio, il gran va e vieni di carrozze. Di tanto in tanto passava un monello cantando a squarciagola la canzone venuta col maggio. Il pensiero della povera madre errava vertiginoso su tutte le date principali delle breve esistenza del caro infermo; le pareva di udire il suo primo vagito, quel vagito che avea fatto trasalire la prima volta le sue viscere di madre, ricordavasi della prima volta che l'avea visto a poppare, e del primo sorriso che le avea fatto, e delle prima cuffietta che avea ricamato per lui, quando l'aspettava, e del primo giorno che lo avea visto palliduccio, e della prima visita che avea fatto il dottore, e la gioia muta e profonda che s'era sentita in fondo al cuore quando quelle inquietudini s'erano dissipate... e poi, la mattina istessa, quando avea sollevato il velo di quella culla, e avea trovato la sua creaturina con quell'orribile febbre. In seguito si risovveniva di tutti i castelli in aria che avea fatto quando l'avea cresciuto cogli occhi e coll'immaginazione, e l'avea visto andare a scuola, e avea udito il suo piccolo passo rapido nell'altra stanza, e la vocina che la chiamava *mamma* - le sembrava di conoscere già il suono di quella voce. In mezzo a tutti questi ricordi, ce n'era un altro che vi si mischiava ogni momento, di lui, che era stato sempre lì, con lei, in quei castelli in aria e in quelle gioie materne, di *lui* che aveva tenuto tante volte Giannino nelle braccia, provando un matto piacere quando quel caro piccino sgambettava, e quelle manine gli accarezzavano il viso... e adesso lui non sapeva che il meschinello in quel momento era steso sul letto, gemendo con voce soffocata, e chiedendo aiuto alla sua povera mamma... e l'avea lasciato, così male, ed era partito, e non era là.

Il domestico che recava la boccettina ed i piccoli utensili ordinati dal medico picchiò discretamente all'uscio. Erminia sussultò e si levò di botto, tremando convulsivamente; seguiva la boccettina e la piccola busta nelle mani di Rendona con l'occhio spaventato di un uccello prigioniero. La signora Ruscaglia cominciò a dire che quello spettacolo le faceva male, e andò ad aspettare l'esito dell'operazione in sala; mentre il medico si avvicinava al letto, la madre, pallida come un cadavere, gli afferrò le braccia.

«Dottore! dottore!...» e la poveretta in preda alla convulsione, non poteva più parlare. «Cosa fate? Cosa gli farete? Gli farete male?»

«Ma no! È una cosa da nulla; coraggio, cara signora Erminia! vedrà che il bambino sarà salvo; mi lasci fare: se tardiamo ancora una mezz'ora, non rispondo di nulla.»

«Allora... sì! facciam presto... Oh, Vergine santa, dove ho la testa?... Ci vorranno dei panni? degli apparecchi?...»

«Ma nulla ci vorrà. Ci vorrà solo chi mi tenga il bambino un po' sollevato.»

«Io! ci son io! Ma come qualcuno?... Chi potrebbe tenere mio figlio?»

«No! lei proprio no! Nello stato in cui è, rischierebbe di farmi fare un malanno.»

«Lo terrò io», disse Carlo.

Erminia stette un momento a guardarlo, come smemorata, e assentì col capo.

«Oh, dottore, mi raccomando! il poverino soffre tanto! è così piccino!... Oh, Vergine santa... Oh, Signore!...» e singhiozzava parole rotte e sconnesse, e andava e veniva per la camera senza sapere che facesse, torcendosi le mani, aggirandosi sempre intorno al piccolo gruppo, formato da Rendona e da Carlo che teneva il bambino vicino al lume, verso il quale era attratta e avea paura di avvicinarsi. Seguiva con occhi ansiosi i più piccoli movimenti del medico, che le sembravano di una durata eterna; si sentiva rimuovere dentro il petto, come se le lacerassero il cuore, tutti i ferri più lucenti e mostruosi da chirurgo che sapesse immaginare. Il bambino strillava con voce soffocata; ad un tratto mise uno strillo più acuto; allora ella si avventò con un salto da belva. Il medico riponeva la busticina e diceva tranquillamente:

«Riponetelo sul letto. È andata benone.»

La madre prese il figlio dalle braccia di Carlo con un'aria feroce, e, adagiandolo sul letto, scoppiò in una crisi di pianto che la sollevò.

La signora Rendona rientrò gemendo, e il dottore si sbracciava invano a rassicurare le due donne dicendo che tutto era andato bene, che ci era speranza, che il male avrebbe preso piega migliore dopo la mezzanotte. Il bambino infatti sembrava respirare più liberamente. Erminia andava dal letto all'orologio, e di tanto in tanto fermavasi presso la finestra ad ascoltare, come se aspettasse qualcheduno; poi ricominciava a passeggiare, un po' barcollando. Il dottore avea promesso che non si sarebbe mosso sin dopo la mezzanotte. Verso il tocco la signora Ruscaglia cascava dal sonno, e tutti concordemente l'avevano indotta a buttarsi sul letto, così vestita com'era. Erminia era andata ad accompagnarla, e mentre ritornava nella sua camera incontrò nel salotto il cugino Carlo che correva verso di lei.

«Sta allegra, Erminia! il dottore dice ch'è salvo! La febbre rimette; s'è addormentato tranquillamente e respira benissimo.»

La poverina si fece smorta in viso; rimase un istante senza dir nulla, cogli occhi sbarrati in quelli di lui, tutta tremante, poi gli buttò le braccia al collo, e scoppiò in singhiozzi dicendo:

«Oh, quanto ti voglio bene!»

Giorgio arrivò a casa ch'era prestissimo. La porta aperta a quell'ora insolita, i domestici affaccendati, gli misero addosso un gran turbamento e lo fecero correre alla camera della moglie in grande agitazione. La lucerna ardeva ancora, nonostante che la finestra fosse già chiara: Carlo e Rendona erano seduti sul canapé; Erminia, curva sul bambino, volgeva le spalle all'uscio; udendo entrare il marito, ella si voltò trasalendo, e vedendolo rimase come sbalordita, trafelata in viso, le labbra le incominciarono a tremare senza poter dire una parola; poi quel tremito si estese alle gambe, e cadde seduta sulla poltrona ai piedi del letto. Carlo e il dottore, vedendo il pallore di Giorgio che non osava fare un passo nella camera, s'erano avvicinati a lui.

«Non è nulla!» diceva Rendona, «siamo fuori di pericolo; l'abbiamo scampata bella, ma siamo fuori di pericolo.»

Giorgio si avvicinò al letto come non si reggesse bene sulle gambe; interrogò ansioso l'aspetto del bambino che dormiva, poi prese con mano tremante la mano della moglie. La poveretta si lasciava fare, ma tremando più forte; all'improvviso si gettò bocconi sul letto e scoppiò in singhiozzi a voce alta.

«Non è nulla,» andava dicendo Rendona, «lasciatela sfogarsi. È una crisi salutare, la tensione nervosa durava da un pezzo. Lasciatela piangere che le farà bene.»

XV

La sua coscienza però diceva a Giorgio che «c'era invece qualche cosa», qualche cosa che gli faceva evitare gli sguardi della moglie, gli toglieva il diritto di domandare del figlio suo, e lo teneva muto e avvilito in presenza di Erminia. Balbettava con imbarazzo poche parole sconnesse e prive di senso; per fortuna la suocera e il dottore erano lì per coprire tutto con la loro parlantina, e il bambino migliorava sempre nel corso della giornata; le assicurazioni incoraggianti del medico facevano spuntare dei sorrisi e diradavano le fronti increspate. Erminia cominciava ad esser calma, ma nello stesso tempo l'effetto della stanchezza e dell'agitazione sofferta facevasi sentire; diventava sempre più pallida e abbattuta; la signora Roncaglia la indusse finalmente a mettersi in letto vicino al suo bimbo, il dottore uscì per le sue visite, Carlo andò per i fatti suoi, e la casa ridivenne tranquilla; solo si udiva il passo di Giorgio che andava su e giù pel suo gabinetto. Egli fu molto male per alcuni giorni, senza che nessuno ne trapelasse mai nulla; un sentimento ombroso di altera delicatezza gli faceva dissimulare penosamente quello che soffriva nelle lunghe notti travagliate dalle febbri e dagli incubi.

Fin da quel giorno una inesplicabile freddezza cominciò ad insinuarsi fra marito e moglie. Giorgio entrava nella camera di lei, s'informava del figlio, stava presente tutto il tempo che il medico faceva la sua visita, gli raccomandava con premura la salute della moglie, la quale era rimasta molto scossa, e poi non si faceva vedere fino a sera. La serena e rassegnata dolcezza di

Erminia gli pungeva il cuore nel più vivo; sembravagli scorgere qualcosa d'incerto, qualcosa che voleva nascondersi quand'ella gli rivolgeva la parola e gli figgeva in viso gli occhi. Era arrendevolissimo ai menomi desideri della moglie: ma allorché Rendona avea consigliato un cambiamento d'aria per la madre e per il piccolo convalescente, e avea suggerito che tutta la famiglia andasse a passare l'estate nella loro campagna presso Giarre, egli si era opposto con molta vivacità, senza addurne le ragioni. Una volta che proprio ci sarebbe stato urgente bisogno di una sua gita a Giarre, si era rifiutato risolutamente.

Non era più andato ad Acireale. Due o tre volte era arrivato sino alla stazione, e poi era tornato indietro più combattuto che mai. Non avea il coraggio di rivedere Nata, avea paura. Quella moribonda era sempre lì, coi suoi occhi impietrati, il suo viso livido, il suo amaro sorriso di rimprovero. Dall'altro canto c'era in fondo al suo cuore, al di fuori di sé, nelle ciarle del mondo, negli sguardi dei suoi amici, un vago sentimento del dovere, della giustizia, dell'onore, di tutto quello che improvvisamente gli avea fatto sentire la sua mano di ferro nel momento in cui era arrivato sull'uscio della camera del suo bimbo moribondo, sentimento che avea conosciuto allora, per la prima volta in sua vita, sentendolo insorgere dentro di sé come una vampa di rossore, come una fitta di rimorso, e gli s'era inchiodato là, in quella casa, in ogni suo passo, in mezzo a tutti i sofismi della passione, incrollabile e inesplicabile. Sembravagli in ogni momento di vedere laggiù, su quell'orizzonte dietro il Capo dei Mulini, qualcosa che l'affascinava e l'atterriva. Avea il presentimento di aspettare una notizia funesta; provava delle scosse nervose all'annunzio più semplice, quando il domestico entrava nel suo gabinetto, quando il campanello squillava all'improvviso. Errava per la casa quasi barcollante; cercava delle occupazioni; si creava degli affari imperiosi; andava e veniva con un'aria affrettata ed inquieta; in certi momenti avea gli occhi di un pazzo. Quando vedeva giungere il medico diveniva pallido; allorché Rendona cominciava a parlare dei suoi ammalati si alzava, passeggiava per la camera, tornava a sedere, non diceva una parola, lo guardava con aria stralunata. Un giorno che era stato a fargli visita, egli era scappato dalla camera della moglie, adducendo un pretesto; poi l'avevo trovato sull'uscio dell'anticamera; mi domandò soltanto:

«Come sta?»

«Credo al solito», gli dissi.

«Non l'hai più vista?»

«No...»

«Insomma, non c'è stato nulla di nuovo all'albergo?...»

«Nulla.»

Egli respirò con forza, e mi strinse la mano con un tremito leggiero: «Grazie.»

Di tratto in tratto, in mezzo alle occupazioni della giornata un pensiero dispotico gli attraversava la mente e gli dava come una scossa al cuore; la parola gli moriva sulle labbra, i suoi occhi si fissavano nel vuoto, sbarrati, quasi vedessero sorgersi dinanzi un fantasma. Aveva delle impazienze brusche, irragionevoli, dei tentativi di rivolta contro tutto ciò che non aveva rispettato altrimenti che a parole. Tutti i principii del bene e del male, del diritto e del torto gli si erano confusi in mente, s'erano smarriti in una grande concitazione; ne parlava con parole amare, come se gli si gonfiassero in cuore con degli accessi irrefrenabili d'amarezza e di collera. Osservando alla sfuggita Erminia così rassegnata, così calma in apparenza, sentiva un sordo rancore verso quella gran serenità del bene che a lei non costava nulla, eppure inaspriva le sue segrete torture; le invidiava la coscienza tranquilla, e si domandava quel che valesse quella pace non contrastata; quella gran calma inalterata dell'onestà gli rinfacciava ad ogni momento la sua agitazione febbrile e il turbamento della sua coscienza; se ne sentiva soggiogato, invidiava sordamente sua moglie, ammirandola, e nei momenti delle sue angoscie più acute provava un sentimento di ostilità contro di lei.

Se avesse potuto immaginare quanto costava alla povera Erminia!

Ella avea tutto indovinato, colla delicatezza squisita della donna; gli amici di Giorgio s'erano creduti in debito di narrarle un po' alla volta vita e miracoli del marito, e specialmente la leggenda del viale Principe Amedeo; Giorgio in fondo era troppo onesto per riuscire a dissimulare completamente quello che soffriva. Da principio la povera donna s'era trovata sbigottita; l'isolamento in cui avea passato la prova crudele di quella notte in cui il bambino era stato per morire le faceva paura, vedeva quel triste isolamento sempre dinanzi a sé, per quant'era lungo l'avvenire, nel mutato contegno dello sposo, nelle sue attenzioni impacciate e timide, nelle sue distrazioni, nelle sue preoccupazioni frequenti, in quegli occhi che evitavano i suoi, e che avevano costantemente qualche altra cosa dinanzi. Si sentiva derelitta; quel bambino convalescente le stringeva il cuore, quasi fosse orfano e qualche volta le carezze del padre urtavano la sua delicatezza, le repugnavano come se fossero mendicate; allora avvampava in viso. Sentiva istintivamente l'abisso che allargavasi fra lei e quello sposo sul quale si erano appoggiati ad uno ad uno tutti i suoi affetti, dal giorno ch'era rimasta sola con lui, in quella carrozza che l'allontanava al gran trotto dalla sua mamma, dalla sua casa, dalle sue affezioni passate, e metteva intera la sua vita nelle braccia di quell'uomo che per pochi mesi innanzi era ancora uno sconosciuto per lei. Ora che lo sentiva allontanarsi alla sua volta, provava lo stesso sentimento d'inquietudine, lo stesso sbigottimento, lo stesso bisogno di attaccarsi a qualche cosa che allora l'avea fatta attaccare al braccio di lui; l'isolamento stavolta era più amaro, più agitato, era punzecchiato tratto tratto da vaghi turbamenti, da immagini e riminiscenze che la facevano sognare ad occhi aperti, le gettavano delle fiamme sul viso, delle tepide correnti nei nervi, durante le lunghe ore silenziose della sua camera deserta, e la facevano ridestare di soprassalto. Non osava lagnarsi; nascondeva gelosamente quel che soffriva, non per dignità, ma per un inesplicabile bisogno, perché non osava confessarlo a se stessa. Poi, cosa più dolorosa, quello sposo che le toglieva giorno per giorno non solamente il cuore, ma l'intimità, la schiettezza, la fiducia, il sorriso, le imponeva soggezione, diventava non solo un estraneo, ma un padrone.

Da quella notte in cui aveva sofferto per la prima volta come, nelle grandi afflizioni che avea avuto da ragazza, non avea creduto che si potesse soffrire giammai, il cuore della donna si era formato con tutte le tenerezze, con tutta la sua delicata sensibilità, con tutti i tesori dell'affetto, meglio di come non l'avessero fatto le prime impressioni della vita, della giovinezza, della felicità, dell'amore; meglio di come non l'avesse fatto il primo sentimento della maternità che s'era svegliato col primo vagito del suo bambino - e in quella notte il suo Giorgio non era stato là... il suo pensiero rifuggiva dal cercarlo dove era stato. Sentiva perciò una gran riconoscenza, una tenerezza più intensa, più profonda pel cugino Carlo che avea sofferto con lei; perché in quella notte in cui tutti i suoi pensieri si sconvolgevano e si abbuiavano, erale parso che tutto il mondo dovesse soffrire come lei. Il primo irrompere della sua gratitudine era stato impetuoso, l'era montato dal cuore alla testa, come una vertigine, l'avea fatta trasalire sin nelle più intime fibre del cuore! Però da quel momento in cui avea gettato le braccia al collo del cugino come se fosse stato un salvatore, avea evitato istintivamente di trovarsi sola con Carlo; sentiva che il gran bene che gli voleva e che gli avea sempre voluto, la turbava per la prima volta - allorché l'avea rivisto si era fatta di porpora in viso.

Anche Carlo non sembrava più quel di prima. Stava dei lunghi quarti d'ora in silenzio e giocherellando coi guanti o colla frangia del canapè, mentre la signora Ruscaglia chiacchierava colla figlia, o mentre Erminia colmava di carezze il suo Giannino ancora palliduccio; avea perso il suo gaio umore, il suo riso spensierato, la sua franchezza giovanile; evitava di parlare di quelle cose che potessero rimorchiare a tradimento il volume del Prati o l'anticameretta gialla; discorreva di rado della sua partenza, e vi pensava spesso: si confondeva qualche volta allorché Erminia o suo marito gli domandavano particolari de' suoi viaggi, e si alzava dieci volte per andarsene quando rimaneva solo colla cugina. - Anche lui, la prima volta che avea rivisto la cugina e s'era accorto delle vampe che le montavano dal collo alla fronte, s'era sentito far di bracia in viso. Erminia credeva di volergli bene perché egli non cercava di leggerle in cuore, e per lo studio che metteva nell'evitare le occasioni di trovarsi soli e imbarazzati tutti e due. «Quando ritornerai?» gli domandava. «Chi lo sa? fra due, fra tre anni...» Erminia sentiva una gran tenerezza pensando che forse non si sarebbero visti mai più. «Ritornerai contrammiraglio, almeno?» soggiungeva colla migliore intenzione di sembrare gaia e di farlo ridere. Egli sorrideva tristamente infatti e la guardava in viso senza dir altro.

Il turbamento di Erminia però cominciava a dileguarsi, perché in cuore le si andava gonfiando lentamente una gran pienezza di vita, una grande gioia inquieta e inesplicabile, una dolcezza che si ridestava di tanto in tanto con punte acute le quali le traversavano tutte le vene, una dolcezza che l'invadeva, che l'assopiva a poco a poco, che gettava un balsamo, un velo, sulle sue angoscie, sul suo sconforto, sulle amarezze e il dolore di vedersi abbandonata dal marito, e fin sull'immagine del marito, e le faceva sentire come una dolce stanchezza, come un gran bisogno d'addormentarsi in qualche cosa. Non sapeva da che le venisse, avea paura di indovinarlo, era felice di ignorarlo. Quando il suo spirito si svegliava inquieto, ansioso, e turbato, provava un gran desiderio di rituffarsi in quell'oblio, di stare vicino al cugino, di ascoltare la sua voce, di seguirlo col pensiero nelle lontane regioni che alla sua immaginazione sembravano tutte colorate di azzurro; le pareva di volergli bene perché accanto a lui sembravale di ritornare agli anni spensieratamente felici della sua giovinezza, fra le rose del giardino, colte per lui, le strette di mano dell'anticameretta gialla, e i versi letti insieme, vicino a quel tavolinetto, sotto quel lume dalla gran ventola dipinta a fiori. Sognava, sognava, cogli occhi fisi; il passato era tutto azzurro, come gli ignoti paesi dove il suo pensiero soleva seguir Carlo; non vi si vedeva che le gioie più schiette, più dolci, più profonde, e nello stesso tempo più vaporose. Allora stava ad ascoltarlo delle ore intiere zitta zitta, a guisa di bambina; ei narrava semplicemente, senza enfasi, ma coll'accento della verità, le splendide albe del mare, i dolci tramonti, la pace immensa, le contrade diverse e lontane, le tempeste solenni e gigantesche, le febbri delle battaglie, fra il rombo assordante, il comando breve ed austero, il tumulto della vita e della morte, le sublimi ebbrezze della lotta e della vittoria, l'orgoglio della gloria, dell'onore, della patria e della bandiera. Ella non fiatava, si sentiva stringere e allargarsi il cuore con violenza, cambiava di colore cento volte; lo guardava, lo guardava, non poteva saziarsi di mirarlo, e il suo pensiero errava lontano; le pareva di vedere il suo povero cugino ch'era piuttosto delicato, così giovane, così debole, orfano di padre e di madre, in mezzo a tutta quella rovina d'uomini e di elementi in collera, e sorridente, con dolcezza come in quel momento; allora sentiva una gran tentazione di buttargli le braccia al collo e di non lasciarlo partire mai più. Il cuore le si gonfiava, le si gonfiava con un nodo che le stringeva la gola, e finalmente una volta scoppiò a piangere.

«Cos'hai?» domandò Carlo sorpreso interrompendosi.

«Nulla... mi fai male... Mi sembra d'aver paura.»

Ei la fissava attentamente. Erminia di pallida s'era fatta rossa come un papavero, poi s'era fatta pallida di nuovo. Allora Carlo le afferrò la mano, con un lieve tremito, senza osare di mirarla in faccia, ed ella si nascose il viso nelle mani.

«Ora sei tu che mi fai male!» le diss'egli dopo quel silenzio, e parlando piano. «Abbi un po' di pietà di me!»

Erminia alzò su di lui gli occhi lagrimosi. Anche in fondo agli occhi di lui si vedevano luccicare delle lagrime; ei chinò la fronte sulla mano, e dopo un'altra breve pausa, con voce appena intelligibile:

«Bisogna che io abbia il coraggio di partire... intendi?... Bisogna ch'io l'abbia questo coraggio!»

Non si dissero altro. Si sentiva il passo di Giorgio nell'anticamera; ella si alzò trasalendo e si allontanò con vivacità; il cugino alquanto pallido prese il suo cappello bruscamente e si accomiatò in fretta.

Giorgio entrava come fosse un estraneo in camera della moglie, con un'aria imbarazzata che la sua disinvoltura abituale non riusciva a dissimulare. Era pallido anch'esso da qualche tempo, e dissimulava le sue sofferenze con una energia virile che non sarebbesi supposta in lui. Una delle sofferenze più acerbe che sentisse era il supplizio di dover stare una mezz'ora al cospetto della moglie, di dover incontrare lo sguardo limpido di lei, e ascoltare la sua voce inalterabilmente dolce e calma. Quella camera avea una fisionomia onesta; l'aria sembrava circolarvi pura e libera, fra quel gran letto bianco, quella culla color celeste, quei mobili semplicissimi - avea un che d'augusto. Giorgio vi entrava sempre come fosse in chiesa, e stava dinanzi alla moglie, di cui istintivamente indovinava i dolori e le ripugnanze che egli doveva ispirarle, con una cortesia affettuosa in fondo, ma che sembrava glaciale. Poi, in quella gran camera silenziosa e tranquilla si sentiva un gran bene, sembravagli che il sangue gli si rinfrescasse nelle vene, e l'immagine fosca e fatale di quella moribonda, di quell'amore spaventoso, non osava inseguirlo sin là. Colà egli si riposava, e se l'avesse osato avrebbe domandato alla moglie il permesso di fargli dormire un sonno senza incubi in quella grande poltrona ai piedi del letto. Sentiva un gran rispetto, una gran gratitudine, una gran tenerezza per la madre di suo figlio che era costretto a trattare in quel modo, per la donna che portava così immacolatamente il nome suo; l'ammirava come una natura superiore, parevagli impossibile che tanta serenità, tanta purezza potesse essere turbata, e che le passioni che avevano combattuto lui così violentemente potessero sconvolgere quella tranquilla coscienza, quell'onestà salda e schietta. - Una volta, vedendo i due cugini seduti accanto, un pensiero gli avea attraversato la mente come un lampo, e s'era sentito mordere improvvisamente al cuore.

XVI

Da quel momento Giorgio avea guardato la moglie con tutt'altri occhi. Le scopriva ogni giorno di più un'attrattiva pudica, velata, profonda direi, ma fortissima, negli occhi limpidi, nell'accento carezzevole, nell'attitudine modesta, in quel cuore che potea sentire anch'esso il soffio dello stesso uragano che devastava il suo, che anzi l'avea forse sentito, e che lo soffocava coraggiosamente; coteste qualità la rendevano più leggiadra; sentiva che se non fosse stato suo marito, la seduzione di quella grazia così schietta, così ingenua e riservata, avrebbe acceso sino al furore i suoi desideri di seduttore stanco e noiato di artifici donneschi. L'immagine agitata e agitante di quell'altra donna tanto diversa, tanto lontana, annebbiavasi, scompariva a poco a poco, ed era strano che quell'uomo amasse per la prima volta sua moglie, con quel medesimo impeto che l'avea trascinato a tutti i fuorviamenti della passione perché cominciava a sentire che un altro avrebbe potuto essere trascinato, come lui, dall'attrattiva delle qualità assolutamente opposte, da quelle virtù umili e casalinghe, alle quali allora solamente sentiva come si fossero appoggiati inconsciamente il riposo, la tranquillità, la felicità della sua vita.

Nell'anticamera si era incontrato con Carlo; costui l'avea appena salutato; sembrava volesse evitarlo. Erminia era ancora pallida, e avea pianto.

Nessuno saprebbe ridire quello che soffrisse quell'uomo nella mezz'ora che passò vicino alla moglie, la quale celavagli le lagrime, gli nascondeva il cuore, non gli apparteneva più, egli che in fondo avea una gran dose di tenerezza e di bontà, e ch'era stato cattivo soltanto perché era debole, egli ch'era sensibile sino ad essere ombroso, ed era delicato sino all'orgoglio.

«Il dottore come ha trovato Giannino?» domandò.

«Meglio... assai meglio...»

«E tu come stai?»

«Bene.»

«Diventi sempre più pallida di giorno in giorno... bisogna consultare Rendona.»

«Io sto benissimo.» ripeté ella brevemente.

«Hai bisogno di rifarti... Se vuoi che andiamo in campagna... a Tremestieri» si affrettò ad aggiungere.

«Come vorrai.»

«Io desidero quel che potrà giovarti...»

«Anche tu non stai bene...» diss'ella esitando. «Se vuoi che andiamo...»

I loro occhi s'incontrarono per caso e per la prima volta; ei li stornò subito perché sentiva che il suo cuore gli si palesava.

«Io sto bene... non si tratta di me», rispose reprimendo un'indefinibile commozione e stringendosi nelle spalle. «Parlane con Rendona; quando avrete risoluto di fare qualche cosa, avvisami.»

Appena lasciò Erminia, andò a rinchiudersi nelle sue stanze, adducendo il pretesto di un affare urgente, e per tutta la sera si udì il suo passo febbrile che andava su e giù pel gabinetto, come in quel giorno in cui avea trovato il figlio infermo.

Erminia era rimasta astratta, senza muoversi da quel canapè sul quale l'avea lasciata suo marito, di tanto in tanto gli occhi le si facevano umidi.

La sera venne la visita della signora Roncaglia, ma stavolta non era accompagnata dal suo ufficiale. «Sai la bella notizia?» disse alla figliuola; «Carlo ha ricevuto l'ordine di partire fra tre giorni, per andare a raggiungere a Genova il suo bastimento che salpa per la Repubblica Argentina, pel Paraguay, che so io, insomma per l'America, un brutto paese in cui si ammazzano fra di loro come cani arrabbiati, e quasi non bastasse quel castigo di Dio, i poveri cristiani muoiono di febbre gialla al pari delle mosche. Domando io se è agire da galantuomini! E proprio adesso che quel povero ragazzo ha tanto bisogno di rimettersi in salute! anche tu avrai visto com'è magro e sparuto! Non gli danno che la miseria di due mesi ogni due anni, e questa miseria trovano modo di tosarla di un paio di settimane, da veri usurai!... Insomma, è una birbonata, ed io ho detto al signor tenente di rimandare il suo berretto coi galloni, e prendersi il benservito. Già un pane non può mancargli in nessuna maniera, così bravo com'è.»

Erminia ascoltava la madre senza fiatare.

«E lui perché non è venuto?» domandò infine.

«Nol so; ti par poco avere a digerire uno di questi dispettacci? Prendersi il benservito! ecco quello che c'è di meglio, se vuol dar retta a me, che ho gli anni del giudizio.»

Erminia non disse più nulla; sua madre prima d'andarsene le domandò come si sentisse; ella rispose che si sentiva benissimo e si mise a letto colla febbre. La balia di Giannino che dormiva nella camera accanto la udì gemere e lamentarsi in sogno tutta la notte.

L'indomani venne Carlo colla zia; trovarono Erminia alzata, senza il menomo indizio di quel che avesse potuto soffrire, un po' abbattuta è vero, ma era così da qualche tempo. Ella avea risposto al saluto e alla stretta di mano di Carlo come al solito; avea preso poca parte alla conversazione, come al solito; anche Carlo mostravasi quale era sempre stato; ad un tratto, mentre la nonna accarezzava il nipotino, s'erano guardati tutt'e due nel tempo stesso, e s'erano scoloriti in viso.

«Prendersi il suo benservito!» ripeteva la zia Ruscaglia ritornando alla sua idea favorita. «Ecco il mio parere. Poiché questi signori la intendono a questo modo, prendersi il suo benservito! Vedranno che non si trovano fra i piedi ad ogni passo degli ufficiali che stanno quattordici ore in mare per far loro piacere!...»

«Parti?» domandò Erminia al cugino senza guardarlo.

«Sì» rispose egli allo stesso modo.

E non dissero altro, perché qualcosa li soffocava.

«Partirà, sì, se è sciocco partirà!... ma se vuol fare a modo mio vedrà che tosto o tardi saranno costretti a venire a pregarlo sino a casa sua, cotesti signori che stanno a dar ordini da mille miglia lontano!... Proprio adesso che avea più bisogno dell'aria nativa! Guardatemelo, se con quel viso lì è proprio il caso di mandarlo a buscarsi la febbre gialla e tutti i malanni di laggiù... Lasciatemene parlare con mio genero; lui che ha tanti amici al Ministero un buon rimedio saprà trovarlo!»

Erminia levò vivamente il capo.

«No!» esclamò Carlo con vivacità. «No, zia! sarebbe inutile. No!»

«Tu farai quello che vorranno coloro che hanno più giudizio di te» rispose la zia perentoriamente. «Non mi fai mica soggezione, sai, coi tuoi galloni! Tu farai quello che ti dice di fare la tua zia, come quando eri piccino. Lasciami andare.»

Rimasti soli, i due cugini si guardarono di nuovo in viso e volsero altrove gli sguardi tutt'e due nel medesimo istante.

«Quando partirai?» domandò alfine Erminia con voce spenta.

«Sabato.»

«Verrai ancora prima di partire?»

«Sì...»

«Verrai tutti i giorni?...»

«Sì, tutti i giorni!... non ne restano che due...»

Dopo un breve silenzio ella gli stese la mano all'improvviso, mormorando quasi si sentisse morire:

«Addio... forse non potrò dirtelo più come adesso... Addio!»

E le lagrime le scorrevano pel viso, zitte zitte, senza che si curasse più di nascondergliele.

Sopravvenne la signora Ruscaglia tutta trionfante:

«L'avea detto io! Non poteva andare così! Giorgio dice che è facilissimo ottenere una proroga di sei mesi per motivi di salute... insomma, se ne incarica lui. Tu non partirai!»

Erminia, ch'era accanto al cugino, udendo quelle parole, si scostò da lui con insolita vivacità, avvampò in viso, e per tutto il resto del tempo che durò la visita parve molto imbarazzata. Il povero ragazzo invece non dissimulava la sua allegrezza, da vero ragazzo.

«A rivederci, dunque!» le disse quando fu per andarsene.

Ella gli strinse le mani senza dir nulla.

La Ferlita avea ricevuto un colpo doloroso alla domanda della suocera; pure s'era impegnato a contentarla per un delicato senso di alterezza. Non osava menomamente sospettare della moglie, non osava accusarla della preoccupazione febbrile che scorgeva in lei da qualche tempo, e che la povera vittima celava con rassegnazione da martire; ma avea paura; avea paura di quelle passioni che credeva irresistibili, avea paura perché cominciava ad amarla in un altro modo, adesso che il cuore gli era contrastato. Ei passò una giornata penosa. La sera trovò Erminia assai abbattuta; la poveretta faceva sforzi sovrumani per dissimulare il suo stato; la febbre che da una settimana l'assaliva tutte le sere era divenuta violenta; ella però era alzata, e cercava di occuparsi ricamando presso il lume; le mani le tremavano, e gli occhi, nonostante il paralume, doveano bruciarle.

«Tu soffri orribilmente!» le disse il marito. «Tu stai molto male. Bisogna chiamare Rendona, e subito.»

«Perché?... Non mi sento così male, ti assicuro. Sarà un po' di agitazione passeggiera.»

Giorgio avanzò la mano per prendere quella di lei, ma non osò.

«Erminia» le disse con tal voce che ella non avea udito da molto tempo; «non hai il diritto di ucciderti così; pensa a tuo figlio... fallo per lui...»

Non osava parlare di sé. Ella levò il capo sbigottita, e Giorgio chinò lentamente il suo.

«Domani» diss'ella infine risolutamente, dopo un istante di esitazione. «Vedremo domani.»

«Come vorrai» rispose Giorgio levandosi da sedere.

Non le disse una parola del cugino. Sembrava esitante; stette a lungo prima d'andarsene, più a lungo del solito; le guardava le bianche mani, il viso pallido e dimagrato chino sul ricamo, all'ombra del paralume, la nuca gentile che la luce indorava leggermente screziandola delle tenere ombre dei ricci più fini, i begli occhi colmi di febbre, le pieghe di quella veste che cadevano mollemente sul tappeto; guardava con desiderio quel posto vuoto accanto a lei, sul canapè, che egli, il marito, non osava occupare, e quella spalliera che incurvavasi dietro le sue spalle, sulla quale avrebbe voluto posare il braccio. Poi una nube passò sui suoi occhi, e si accomiatò bruscamente.

«La signora ha mandato pel medico?» domandò all'indomani.

«Nossignore» rispose il domestico.

«Va bene, andate.»

E si rimise a passeggiare pel gabinetto. Più di una volta fu per andare da lei, e non arrivò all'uscio. Sembrava che avesse dormito poco e male; era pallido ed accigliato. Un'ira sorda, inesplicabile, che lo riempiva di onta, bolliva entro di lui. Andava dallo scrittoio alla parete di faccia, e guardava l'orologio come se aspettasse un'ora decisiva.

XVII

Erminia non avea dormito neppur essa; si levò abbattuta e disfatta in viso; sembrava inquieta anche lei, poiché le sue mani tremavano sul ricamo. Verso il tocco si udì una scampanellata; ella, senza muoversi, col capo chino sul telaio, avvampò ad un tratto in viso, e istantaneamente si fece ancor più smorta di prima.

Dopo il primo saluto, i due cugini rimasero zitti alcuni momenti, senza poter dominare un inesplicabile imbarazzo; ella punzecchiava il suo canovaccio più febbrilmente che mai. «Carlo,» gli disse infine senza distogliere gli occhi dal disegno, «cosa hai risoluto di fare?»

Il giovanetto sentì la vibrazione sonora che c'era nella voce pacata di lei.

«Nol so...» rispose esitando e sottovoce come lei.

«Bisogna che tu parta... La mamma, vedi, parla così... perché certe cose noi altre donne non le possiamo sapere... Se dai retta a noi altre donne, ti rovinerai nella carriera e sarebbe un gran danno... Bisogna partire.»

«Tu lo vuoi?...» diss'egli così piano che appena si sentiva.

«Bisogna che tu faccia il tuo dovere...» balbettò più pallida che mai e cogli occhi gonfi... «Bisogna fare il nostro dovere, Carlo...»

«Partirò», rispose il giovanetto chinando il capo.

Non dissero più nulla.

«Partirò col treno di stasera» ripeté infine Carlo.

Ella ricamava sempre, col capo basso, anzi più basso di prima, e delle lagrime calde le cadevano ad una ad una sulle mani. Ad un tratto gli stese quelle mani tutte bagnate, convulse e tremanti, e così rimasero faccia a faccia, senza dire una parola.

«Addio!» diss'egli, «addio! farò il mio dovere...»

«Anch'io!» mormorò Erminia ricadendo sul canapè.

Il dottore era stato chiamato in tutta fretta. La signora Ruscaglia, che veniva dall'accompagnare il nipote colle sue querimonie sino alla stazione, era accorsa tutta scalmanata. Erminia avea una febbre violenta con delirio, e il male mostravasi tanto più pericoloso quanto più era stato trascurato, e sembrava irrompere tutt'a un tratto, con una veemenza che non dava tempo a combatterlo. Rendona avea messo tutta la casa sossopra in un batter d'occhio, ed erano anche stati chiamati due altri medici per fare un consulto. La Ferlita andava e veniva come un sonnambulo; ascoltava quello che dicevano i medici, seguiva cogli occhi le persone che si affaccendavano per le stanze; di tanto in tanto si passava una mano sulla fronte.

«Che te ne pare?» domandò a Rendona mentre costui rientrava in sala.

L'altro si strinse nelle spalle: «Cosa vuoi che ti dica?... vedremo domani al calar della febbre...»

Giorgio sedette di botto come se le gambe gli mancassero.

Verso mezzanotte era arrivato un dispaccio urgente da Acireale per Rendona.

«Dite che non posso», rispose costui dopo averlo letto. «Telegrafate.»

Giorgio ascoltava istupidito; tutta la notte la passò al capezzale dell'inferma senza muoversi;

sembrava fosse stato colpito più mortalmente della moglie.

L'indomani la febbre rimesse un poco, il delirio cessò, ma il male si mantenne ancora gravissimo. Tornarono gli altri due medici a consulto.

«Cosa dicono?» domandò nuovamente La Ferlita appena se ne furono andati.

«Nulla di nuovo; non abbiamo peggiorato», rispose Rendona.

«È salva!» esclamò Giorgio.

«No... non ho detto questo... Vedremo.»

Tutto il giorno fu un va e vieni di medici, di amici che s'informavano alla porta, di amiche che venivano un momento a bisbigliare sottovoce in sala fra di loro, e a strascinarvi il fruscio delle loro vesti. La sera calò lenta e triste, una sera d'estate, calda, pesante; i lumi cominciavano ad accendersi; il rumore delle carrozze si udiva più forte e vicino adesso che era cessato il frastuono del giorno; dalle finestre aperte, fra le grandi tende immobili, le stelle cominciavano a tremolare in fondo ad un cielo grigiastro; a poco a poco la luce rossigna del gas si disegnò qua e là sulle muraglie delle case di faccia, vincendo il chiarore incerto del crepuscolo; passavano per la via tutti i consueti rumori della sera; nella gran camera silenziosa e quasi oscura arrivava l'eco di quei passi discreti che si erano uditi tutto il giorno e non osavano avvicinarsi all'uscio; si udiva frequente, sommesso e timido il tintinnio del campanello in anticamera, e di quando in quando la vocina del povero Giannino che strillava fra le braccia della balia nella camera accanto, come se sapesse la sciagura che lo minacciava... Le ore dal tramonto sino alla mezzanotte durarono eterne. L'ammalata non delirava più, non si lagnava più, stava immobile, rivolta verso la finestra, col viso nell'ombra, gli occhi chiusi penosamente; di quando in quando li riapriva a stento; si udiva la sua respirazione irregolare e a scosse.

Verso mezzanotte Rendona, affranto dalla fatica, disse che andava a riposare un poco, poiché lo stato dell'inferma in quel momento lo permetteva. La signora Ruscaglia era più morta che viva.

«Va a dormire anche tu una mezz'ora», disse il medico a Giorgio posandogli una mano sulla spalla. «Devi esser rifinito anche tu.»

Giorgio scosse il capo, e non si mosse dalla poltrona ai piedi del letto.

«Ma Giulietta farà quanto te, e meglio di te; alle due o alle tre poi verrai a rilevarla.»

«No», disse Giorgio con la voce rauca che avea dalla mattina. «Non ho sonno.»

E rispondeva sempre: «È inutile, non ho sonno». Infine Rendona lo lasciò stringendosi nelle spalle.

La Ferlita non avea sonno, ma era affranto. I suoi nervi si contraevano penosamente, e sentivasi il capo preso in una morsa gigantesca; gli si ripercuoteva penosamente dentro il cervello il rumore delle ultime carrozze e i passi rari che si udivano sotto le finestre; il caldo di quella notte di giugno lo spossava. In mezzo al grande stordimento della sua mente c'era un guazzabuglio confuso, doloroso, il passato, il presente, le vicende turbolente della giovinezza, i ricordi più lontani e insignificanti, Nata, suo figlio, Firenze, Erminia, la chiesuola di Tremestieri, il viso che avea Rendona quando gli avea detto *vedremo,* Carlo che solcava il mare, il treno che sbuffava alla stazione di Acireale, tutte queste cose che si urtavano, che si arruffavano, che si confondevano insieme. In mezzo a quel turbinio c'era sempre la figura di quell'inferma su cui teneva gli occhi fisi, tal quale la vedeva in quel momento, rivolta verso la finestra e col viso nell'ombra. Il suo pensiero rifaceva continuamente lo stesso camino, dal viale Principe Amedeo alla chiesuola di Tremestieri, e andava a finire a quel letto bianco su cui il paralume gettava la sua ombra. Poi ricominciava da capo. A poco a poco in quel gran cerchio scuro si rilevava il corpo di Erminia con contorni indecisi, che si perdevano e sfumavano nelle larghe pieghe della coperta, e a forza di fissarvi lo sguardo quel corpo si vestiva di quella tal veste scura a pieghe molli che cadevano sul tappeto ai piedi dal canapè, com'egli soleva vederla di tanto in tanto, vicino al medesimo lume che dorava quella nuca bianca, screziata dalle ombre leggiadre dei ricci più fini... e Carlo veniva a mettersi là, fra lui ed Erminia, chetamente, senza far rumore. Allora si ricordava di quell'altra donna lontana, gli pareva di vederla in quella camera d'albergo, colle braccia tese, gli occhi da fantasma - il suo spettro sorgeva ad ogni tratto dall'ombra, inaspettato, minaccioso e severo, e sembravagli che egli stesse a guardarlo stupidamente, senza sentir nulla in fondo al cuore; a poco a poco sentivasi invaso da una gran paura del fantasma immobile e silenzioso; allora girava gli occhi smarriti per le note pareti che l'attorniavano, li riposava su tutti gli angoli, su tutti i mobili che conosceva minutamente, sulla tappezzeria a gran fiori, sulle tende immobili a larghe strisce orientali, sul canapè trapunto e imbottito; sembrava che quelle pareti domestiche lo circondassero, lo abbracciassero quasi, per proteggerlo e per difenderlo. L'orologio della camera suonava lentamente le ore una dopo l'altra, con rintocchi netti e sonori, come uno squillo che gli era famigliare anch'esso; poi rispondeva l'orologio della chiesa vicina, poi, ad uno ad uno, nel silenzio della notte, spesso confondendo insieme i rintocchi, tutti gli altri che conosceva, che gli rammentavano delle altre ore passate in quella stessa camera, che gli presentavano con una singolare chiarezza di contorni e di circostanze le immagini di altri avvenimenti, di altri particolari minimi che non credeva di ricordare più, che erano passati forse inosservati e che ora, sfumati così nella lontananza, avevano una identità dolce, malinconica ed amara nel tempo istesso: erano le ore passate accanto a quel canapè, mentre Erminia ricamava - quella sera in cui non erano andati al ballo, ed ella riempiva tutta la poltrona colle balzane leggiere e rigonfie della sua veste - i dolci colloquj, semplici, affettuosi, intimi d'allora, quando si dicevano tutto, in cui non avevano negli occhi dell'imbarazzo, in cui non ci avevano delle febbri, dei turbamenti, degli altri fantasmi lontani, assorbenti, gelosi, implacabili, quando la pace di quella camera era ancora inalterata, e facevano dei progetti, e parlavano insieme dell'indomani, di Giannino, della campagna con fiducia. Allora quel tempo passato rivestivasi di tutte le iridi dell'ideale. Giorgio v'immergeva il suo pensiero affaticato con l'energia di chi sente il bisogno di riposo. Il presente lo sorprendeva sempre, inesorabile, all'improvviso, con l'immagine di Erminia che era là, rivolta verso la finestra, col viso nell'ombra. Mentre teneva gli occhi fisi su di lei cercava di indovinare per quali lotte fosse passata ella pure prima di allontanarsi da lui, cercava di leggere su quei lineamenti, che nell'ombra sembravano cangiare di aspetto ad ogni istante, al pari di quelli di una sfinge, quali passioni si svolgessero mostruosamente in mezzo ai vaneggiamenti del delirio. Le ore continuarono a suonare, monotone, impassibili, l'una dietro l'altra, con lunghi intervalli.

Verso l'alba l'inferma cominciò ad essere agitata. Giorgio seguiva i movimenti di lei con sguardo ansioso, senza osar di fiatare. Ad un tratto si accorse che gli occhi di Erminia erano spalancati, e che da alcuni istanti li teneva fissi su di lui con una singolare tenacità. Ei si levò, e stette ritto dinanzi a lei. Gli occhi di Erminia erano attaccati su di lui con tale insistenza, con tale espressione che gli strapparono la prima parola:

«Cosa vuoi?»

Ella non rispondeva, guardandolo sempre a quel modo; brancolava col braccio fuori dalle coperte, quasi cercasse qualche cosa, poi gli afferrò la mano.

«Voglio parlarti», gli disse con voce appena intelligibile. A lui parve che quella mano gli stringesse il cuore.

«Ho amato Carlo!...» riprese Erminia vincendo un gran turbamento.

Egli mosse le labbra più volte, senza che alcun suono ne potesse uscire.

«Perdonami...» singhiozzava l'inferma dopo un silenzio più lungo. «Ho bisogno che tu mi perdoni... Giorgio!... Non sono colpevole, sai!... Non sapevo d'amarlo... non me n'ero accorta... ho pianto tanto tanto... ho tanto sofferto!... gli ho detto d'andarsene... ed egli se n'è andato... Non è mia colpa se è stato più forte di me... se mi è parso di morire... Ma lui non ne sa niente... ti giuro!... nessuno sa quello che ho sofferto... Non dirlo a Giannino... non dirlo nemmeno alla mamma... dimmi che mi perdoni... dimmi che non mi lasci in collera!:...»

Giorgio non rispondeva, piangeva silenziosamente, col viso nascosto nell'ombra della ventola. Ad un tratto volse il lume su di lei, temendo che fosse delirante; allora scorse quell'espressione d'angoscia indicibile e le vide il viso tutto bagnato di lagrime. Non le disse una sola parola, si chinò sul letto, la abbracciò stretta, colla fronte su quella di lei, e confusero insieme le loro lagrime.

«Oh! come mi fa bene!... Come mi fa bene sentirmi bagnata dalle tue lagrime!... Come mi fa bene vedere che tu piangi!... Perché non hai pianto?... da tanto tempo!... da tanto!... Come mi fa bene!... Mi sembra che facciami rinascere... Mi sembra che guarirò...»

Egli non osava dire come fosse colpevole, sentiva che ella lo sapeva, non osava domandarle quel perdono che gli era anticipato generosamente. Singhiozzava forte, a scosse, senza staccarsi da lei; l'alba entrava dolcemente dalla finestra - come in quell'albergo - e imbiancava quell'altro viso trafelato d'inferma.

«Tu guarirai!...» balbettava alfine Giorgio con voce rotta «senti cosa ti dico, tu guarirai!... e saremo felici un'altra volta... partiremo per la campagna... Là staremo insieme... Sempre insieme!... e nessuno!... nessuno!...»

«Come mi fa bene sentirti parlare così!... Come mi sembra bella l'alba!... Mi sento meglio, sì, mi pare di star meglio... Fa venire Giannino... Povero bimbo! Fammelo vedere...»

Giorgio andò a prendere il bambino, in punta di piedi, e la madre l'avvinse in un lungo e muto abbraccio, colle lagrime impietrate nell'orbita; poi passò quel povero braccio debole e stanco anche sul collo di Giorgio, ed entrambi si tennero stretti su quel piccino roseo e fresco, che li guardava con i suoi grandi occhioni ancora imbambolati dal sonno.

«Un miglioramento infatti c'è e sensibilissimo», disse Rendona ch'era venuto per tempissimo. «Un vero miglioramento sul quale si può contare. Alla buon'ora!... forse la scapperemo bella anche quest'altra volta», borbottò fra i denti.

Erminia migliorò realmente, e in capo a pochi giorni entrò in piena convalescenza. Giorgio non la lasciava un momento; la covava, come si dice, cogli occhi, quasi dovesse farsi perdonare un gran fallo, dimenticando i brutti giorni passati a misura che la moglie rifioriva in salute, e sentendosi rinascere anche lui. Godeva di vederla assisa nella sua poltrona, vicino a quella finestra, pallida ancora e dimagrata, sorridendo con una dolce tinta di mestizia a lui e al suo bambino, e provava un vago sentimento di letizia a far riandare il pensiero a quella notte angosciosa, passata ai piedi del letto, a quei tristi giorni agitati. Allorché contemplava le membra gracili e qualche volta ancora tremanti della cara persona provava una tenerezza nuova, più profonda, più intensa, e insieme una commiserazione affettuosa per quel che ella avea dovuto soffrire, una grande devozione, un gran rispetto per la debole creatura che gli avea dato tal lezione di forza. In alcuni momenti avea vergogna, trovavasi umiliato dinanzi a lei così nobile e modesta, sentiva confusamente una gran gioia di amarla tanto, e d'esserne tanto amato, per dimenticare insieme a lei.

Verso gli ultimi del giugno, Rendona diede finalmente la sua approvazione a quel famoso progetto d'andare a passare l'estate in campagna, che Giorgio ficcava in tutti i discorsi, e suggeriva come il rimedio per eccellenza. Faceva già troppo caldo per andare a Tremestieri o alla Piana; Erminia avea fatto accettare Giarre. I preparativi furono una grande occupazione e una gran festa. Partirono finalmente una domenica, col treno della mattina; dal cielo sembrava piovere della polvere d'oro, il mare luccicava di strisce d'argento; i giardini sparsi lungo la linea gettavano dentro i vagoni la fragranza dei fiori d'arancio; alle stazioni di campagna si vedevano dei contadini in abito di festa; le ragazze che passavano per le vie di campagna parallele alla strada ferrata salutavano il convoglio con grida giulive. Alla stazione di Acireale c'era una gran folla di venditori ambulanti, di cacciatori, e di contadini della Calabria che venivano a stormi per la mietitura. I due sposi erano soli nel loro scompartimento; Erminia osservava con curiosità il va e vieni di bagagli e viaggiatori; Giorgio guardava dall'altra parte. Il convoglio stava fermo più del tempo prescritto, poiché sulle rotaie si eseguivano delle manovre per un altro treno speciale che partiva. Questo treno era formato da due sole carrozze, oltre la macchina. In quel momento giungeva un signore di una certa età, biondo e vestito di nero, seguito da alcuni domestici, anch'essi in lutto; un impiegato della stazione chiudeva con fracasso lo sportello di uno dei vagoni che all'interno era parato di nero; in fondo a quel vagone si vedeva qualcosa come una bara, con una gran corona di fiori e un gran nastro che pendeva da un lato. Il signore in lutto si era levato il cappello, avea scambiato qualche parola col capo-stazione ed era montato sull'altra carrozza. Alle finestre dell'albergo stavano affacciati molti curiosi, coi gomiti appoggiati sul davanzale. Erminia s'era rivolta verso il marito e l'avea visto pallido e stralunato, ritto presso lo sportello, guardando quello spettacolo con occhi affascinati. La macchina dell'altro treno fischiò e il funebre convoglio partì lentamente, barcollando. Giorgio, ch'era rimasto tutto quel tempo come una statua, senza fare un gesto e senza dire una parola, si strinse nelle spalle con un brivido improvviso di freddo, sprofondò il capo nelle spalle, quasi volesse nascondervelo, e cadde seduto.

Erminia s'era fatta pallida anch'essa, quasi avesse visto anch'essa quel fantasma implacabile mettevasi fatalmente un'ultima volta sul loro cammino, e sembrava sorgere dalla tomba per attraversare tutti i loro sogni di pace, di amore e di felicità. Giorgio era annichilato: ad un tratto sentì stringersi la mano e si trovò il bimbo che gli era stato messo fra le braccia; il povero Giannino lo guardava sbalordito. La Ferlita con un movimento brusco e improvviso nascose il volto fra quelle piccole braccia, fuggendo una visione terribile, e sentì le braccia di Erminia che gli cingevano il collo.

«Povero Giorgio!» mormorava Erminia. «Noi t'ameremo tanto! tanto!...»

Egli, senza una lagrima, ma pallido come un cadavere, se li strinse entrambi sul petto, forte, e a lungo.

Allorché il convoglio si fermò a Giarre egli alzò il capo tuttora pallidissimo, guardò al di fuori, respirò con forza; sembrava si destasse da un lungo e penoso sonno. Il funebre corteo che li precedeva era scomparso; il fumo svolgevasi ancora lentamente dall'imboccatura della galleria, squarciandosi e diradandosi in larghi fiocchi sul cielo azzurro.

Non rimaneva più altro del passato.

Quando furono a Giarre, La Ferlita vi trovò un dispaccio telegrafico che era stato rimandato dall'ufficio di Catania, e che l'aspettava. Il telegramma non conteneva, oltre l'indirizzo e la data, che questa sola parola:

«Addio.»